鲜花手术

毕淑敏 著

南方传媒 花城出版社

中国·广州

图书在版编目（CIP）数据

鲜花手术 / 毕淑敏著. -- 广州 : 花城出版社，
2023.3

ISBN 978-7-5360-9772-8

I. ①鲜… II. ①毕… III. ①长篇小说—小说集—中国—当代
IV. ① I247.5

中国版本图书馆 CIP 数据核字（2022）第 176156 号

出 版 人 张 懿
特约策划 金丽红 黎 波
责任编辑 欧阳佳子
特约编辑 张 维 韦文菡
责任校对 衣 然
技术编辑 薛伟民 林佳莹
封面设计 郭 璐
内文制作 张景莹
特约印制 张志杰 王会利
媒体运营 刘 冲 刘 峥 洪振宇
法律顾问 梁 飞
版权代理 何 红

书 名 鲜花手术
XIANHUA SHOUSHU
出版发行 花城出版社
（广州市环市东路水荫路 11 号）
经 销 全国新华书店
印 刷 天津盛辉印刷有限公司
（天津市宝坻区天宝工业园宝富道 2 号）
开 本 787 毫米 ×1092 毫米 32 开
印 张 7 1 插页
字 数 100 千字
版 次 2023 年 3 月第 1 版 2023 年 3 月第 1 次印刷
定 价 52.00 元

如发现印装质量问题，请直接与印刷厂联系调换。
购书热线：010-58678881
花城出版社网站：http://www.fcph.com.cn

序

安宁是一种成长的能量。

悲怆是一种结束的能量。

那么，爱情呢？

爱情是需要思忖的。它可以温暖也可以寒冽，全看天气的变化和你手心的温度啦。

请假想一滴炙热的水，经过层峦叠嶂的岩石过滤，坠落了三十年，那么，它会变成什么样子？固体的部分已经悄然堕积，凝结成了洁白而坚硬的钟乳石，正在飘落过程中的那半滴液体，澄清得如同天使的胶水。

《鲜花手术》写的是很多年以前的爱情。高亢的热度已然趋向常温，缤纷的色彩像标本，虽然艳丽却不再拥有充沛的水汽。没有了耿耿于怀的怨怼，没有了曾经咬牙切齿的绞杀，有的只是描述和再现，悲悯和感伤。我愿用最轻柔的声音在你耳边讲述这个过去的故事，只为留下岁月的印痕。

人凡年轻的时候，荷尔蒙都是汹涌澎湃的，从远古到现在，概莫如此。这是生命得以延续的物质保证，它神奇且难以克制。然而，在这一切之上之外，还有时代。万物的发生自有其道理，人是不可能脱离时代而独立穴居的，于是有了连接和规则。在这些锋芒的挤压之下，依然顽强地滋生着爱情和结晶，没有对错，只有命运。

多年前的一夜，在异国皎洁的月光下，我同我的女译员讲了这个故事，她年轻的脸，比月华还要滑润。她说："你一定要写出来，让更多的人知道。"我说："和我一样年纪的人会懂得这些，但年轻的人，能明白吗？已是很久远的事情了。"她反问："还能有什么，比爱情更久远？"

从那以后，又过了许多年。对于年轻人是不是爱看，我是更没有把握，却也不在乎了。终于，决定把它写出来，因为曾经的激情和眷念。

这是一个虚构的故事，最主要的部分来自我的医学生涯。我尊崇白色，白色是有灵魂的颜色，白色在不同的季节里，有不同的味道：冬的白是峻厉的，透着拒人千里的骄傲；秋的白是丰腴的，有成熟的慵懒和饱满；夏的白有点儿不坚定，它的不纯粹，是因为被太多其他颜色的诱惑晕染了；春的白是清净和单薄的，澄澈的荧光还没有完全秀出来，带着未曾褪尽的稚嫩的象牙色……医术，是白色的大本营。这本书叫作《鲜花手术》，其实，鲜花只是香氛和背景，白色才是真谛。我这双手，做过很多次手术，我珍惜那些白色手术单下卧着的女子，爱她们滴血丛生的躯体，爱她们百孔千疮的灵魂。

无论有多少鲜血和磨难，有多少冷霜和朔风，爱总会开放，万种风情。爱是一种拔地而起垂直向前的力量，永在尘埃之上。不仅仅是两性之爱，还有母子之爱、父子之爱，还有战友之爱、同侪之爱，当然，还有故国之爱，都是无敌的。

期待这本小说变成一枚小小的琥珀，藏着曾经青翠欲滴的枝蔓。人生终究是值得珍重的，凋敝的只是岁月。

毕淑敏

出国，从半夜飞往半夜。

时差。本该红日当头，却是碎星如银。柳子函举目四望，寥落机场，哪一个是前来接应的人?

受国际慈善机构邀请，柳子函到 Y 国进行为期七周的考察访问。航班延误，接站的人一窝蜂地围住了同机来的几个半大孩子，嘘寒问暖，想来是小留学生的亲戚。

惴惴中，一个身材高大、西服笔挺的中年白人男子，微笑着朝柳子函走来。柳子函断定这就是接头人，迫不及待地打招呼——“嘿！”和组织接上头的喜悦，让她声音高亢手舞足蹈，像“春节联欢晚会”上学外语的赵丽蓉。

不料该男子置若罔闻，径直掠过柳子函，满面春风地走向柳子函身后一位美丽的年轻女子。柳子函心想：Y国男人真势利眼，只认美色。于是偃旗息鼓，决定以静制动，待那男子碰了壁之后再回头是岸，到自己面前寒暄。并提醒自己届时一定要矜持大度，彰显我大国风范。

关于这个接头人，柳子函在电子邮件中，已与对方机构交涉过多次。此人不但要负责接机，还须是全程的翻译和陪同。整个访问期间，会像保镖一样和柳子函形影不离。

对方邮件问询：“柳女士，您掌握Y国语言吗？怎样的程度？听读写如何？”

柳子函答：“很抱歉，一窍不通。”

对方继续探讨：“您是否可以生活自理？比如独自到餐馆用餐，乘坐地铁准时到达目的地。”

柳子函佩服对方的严谨，比如“准时到达”。语言不通的人，在异国他乡只能装聋作哑。好在有钱，饭还是可以吃饱的。说到乘坐地铁，基本上也可到达某地。反正一头扎进地下，就算坐错了车，也没人另外加收钱，豁出时间，慢慢摸索总找得到地方，不过要强调“准时”，就暧昧了。柳子函只得老老实实敲出一行字：“生活不能自理。”答复之后，恼火万分，觉得自己被他们咒得风烛残年，气息奄奄。其实，她五十多岁，在慈善机构负责人的位置上，炉火正熊。

对方说：“柳女士，对于您的需求，我们已有充分了解。待商议之后，再同您进一步联系。”

几天后，对方来了正式答复：“为了能够使您更好地了解Y国的慈善事业，提高工作效率，并且旅途平安顺利，我们特别为您配备了陪同人员。他将负责您的所有事务安排，并全程翻译。对此人员，您有何具体要求，请告知，我们将尽量满足您的愿望。”

柳子函仔细推敲了整个信件，说明对方对她的访问考察十分重视，这让柳子函很受用。说到对陪同人员的具体要求，柳子函觉得还是不要给东道主添麻烦，不宜提出更多条件，客随主便好了。

柳子函把这个想法和丈夫说了。在国家机关当司长的饶西定思忖片刻回答："此议不妥。"

柳子函不解，问："为什么？"

饶西定说："你出去，代表的是伟大祖国。人家让你提要求，你不提，就是放弃了权利，让人小看。这就像重要客人要走贵宾通道，须住五星级宾馆。夜宿鸡毛小店，就坏了规格。"

柳子函嘟囔道："没那么严重吧？我们只是民间机构。"

饶西定说："你到了Y国，也不能天天在自己脑门儿上贴着'我是小小老百姓'的条子。为了国际形象，人家让你提要求，你就尽管大胆提，代表咱的眼界和风度，千万不要设身处地为资本主义俭省。他们若做不到，还得向你道歉，你就占了主动和上风。这样一举两得的事，何乐而不为？"

柳子函心中佩服，嘴上却说："我是不耻下问，就依你一回。"

饶西定补充道："夫人，不是一回，是两回。关于具体的人选，我有以下三点建议，供你参考。"

柳子函叹服：“来得可真快。我还没开始想呢，你就出来了三点。”

饶西定说：“我们考虑的都是全局，你这点儿小事算什么？牛刀杀鸡。”

柳子函说：“下吧，第一滴雨。”

饶西定看看表，接他上班的小车就要到了，他一边系着红色条纹的领带，一边说：“考虑到陪同要在七七四十九天的时间里，与你朝夕相处，这第一条就是——要男不要女。”

柳子函惊讶：“这可和我的初衷背道而驰，我正打算要女不要男呢。你想啊，连头带尾一个半月还多，如影随形耳鬓厮磨的，如果是个男的，多么不方便！你倒放心，真要相濡以沫发展出了感情，没准儿我就不回国了，成了外籍华人也说不准。”

饶西定踱到落地穿衣镜前上下打量着说：“我相信你的为人，才这样出谋划策，也是内举不避亲的意思。你问我陪同什么样的人好，当然是男的好。正因为是男的，你们的接触才会保持相应的距离，你才能为自己争取到更大的空间和弹性。设想一下，如果是个女陪同，处得好了，很快就无话不说彼此不分，言多有失，就容易混淆了界限惹出麻烦。如果处得不好，矛盾百出影响工作。所以，性别一定要岔开。”

柳子函未置可否，说：“接着下雨吧。”

饶西定把系了一半的领带扯下来，说：“这条颜色不够协调，要换一条蓝色斑点儿的……”柳子函忙在衣帽间里帮他找到一条新领带，急不可待地说：“下吧下吧，乌云。”

饶西定说：“要白人。”

柳子函万般不解道：“这和人种有什么关系？你不会有种族歧视的倾向吧？”

饶西定说：“Y 国移民很多，有非裔亚裔南美裔，也有黑种人棕种人黄种人……他们对 Y 国历史环境的了解，可能不如当地的白人多，白人就是土著的意思。当然这个理由不见得能登大雅之堂，但我觉得不妨一提，一切尽在不言中。”

柳子函说：“那就不如干脆说希望这个陪同是原住民。”

饶西定说：“具体的措辞你再斟酌，反正目的达到了就成。”他最后调整了一下领带的松紧度，准备上班去了。

柳子函说：“慢着，天还没晴呢。最后一滴。”

饶西定边走边说：“博士。个头儿要一米八以上。按照他们的度量衡标准，就是六英尺。”

柳子函说：“博士这一点，倒是和我想到一块儿了。不过这后一条，不敢苟同。我是去访问考察，又不是打 NBA（美国职业篮球联赛），和身高有什么关系？”

饶西定说：“其实博士倒是可以商量的，如果其他条件都符合，硕士也凑合了。但身高这一点，一定要坚持。”

柳子函疑惑：“又不投篮，把身高卡得那么死干什么？我看这一条几乎可以忽略不计。”

饶西定已经走到门口了，回头说：“我这可是设身处地为你着想。想想看，七周，什么概念？将近五十天！虽说 Y 国条件不错，那也是舟车劳顿，打一枪换一个地方地颠沛流离。你毕竟老胳膊老腿的，不像当年那样身手敏捷了。行李提上提下，要是没个大块头的绅士帮忙拎包，恐怕会有闪失。人家既然说了全程陪同，咱当然要挑个体大力不亏的同伴，也好有个靠山嘛！好了，夫人，这一次，你远涉重洋，我不能鞍前马后地为你操持，就指望资本主义发给你的这个陪同，助你一臂之力，保你一路顺风了……”

接司长上班的小车到了，司机发出很有分寸的喇叭低鸣。饶西定把领带的温莎结压出一个看似随意的小坑，显得既庄重又不呆板，然后匆匆下楼，留下柳子函发呆。她心想：这些年来天天张罗着给贫困灾区发旧衣服建希望小学，已经忘了怎么和资产阶级打交道。她把饶西定的话回味再三，转化成对陪同的具体要求，字斟句酌地发给了Y国慈善组织。

柳子函有几分忐忑地等待着回音，觉得自己像个刁钻的老姑婆挑三拣四。不想那边答复得很痛快，说他们已充分明了了柳子函的倾向，一定会遴选出符合要求的陪同，准时到机场接机，请柳子函放心并预祝一路平安。

柳子函饶有兴致地等待着俊朗文雅的高大白人男子幡然悔悟，离开风姿绰约的年轻女郎，回到徐娘半老的真正客人身边。到那时候，她要莞尔一笑。

接下来柳子函看到的情景是：俊俏的东方女郎和白人男子热烈拥抱，贴面，深吻……直到这时她还顽固地相信这是一个误会，觉得马上就要云开雾散，双方尴尬无比。甚至觉得年轻女子李代桃僵也不错，要不然那男子铁青的下巴虽然很干净，但胡噜到自己脖子上，也不是件舒服事。直到两个人手拉手离开了机场，柳子函还十分恍惚地看着他们，觉得男子终将折返归来。

“请问，您是来自中国的柳女士吗？”

柳子函愕然地抽回眺望的目光，只见一个身材中等黄面孔的东方女孩儿站在面前，普通话略带粤语味儿。

柳子函说：“我是。”刚说完就有点儿后悔，人生地不熟的，好多电影里黑帮团伙寻衅报复，就是这样开头的。为保险起见，自己应该反问她一句：

“你是谁？”

女孩儿好像已经看透了她的心思，伸出手说：“您好。我叫游蓝达，是Y国慈善机构的工作人员，特地来接您的，今后的七周内，我是您的陪同。游是庄子《逍遥游》的‘游’，蓝是碧海蓝天的‘蓝’，达是抵达的‘达’。”

柳子函握住了游蓝达的手，两个人的手指都是冰凉的，Y国的夜晚，虽是夏季，却有一种瘆人的寒意。两只手仿佛受惊的蜻蜓，轻轻地碰了碰，迅即分开。

柳子函把被人劫持的惊险想象放下了，心情却并不轻松，她下意识地问道：“怎么是你？”有点儿货不对板的嗔怪。的确，这个陪同和事先的约定南辕北辙，像假冒伪劣产品。

游蓝达解释说：“哦，原来为您定下的那位男性陪同，他父亲突然病故，无法完成这项工作了，临时调换成我。柳女士，我看您好像有点儿遗憾？”

被人看穿，柳子函不好意思了，说：“哪里，只是我一直以为是男士，刚才没有注意到你。”

游蓝达帮助柳子函取了旅行箱，推来行李车，说："我很早就在这里等候，航班延误，一直没有准确的消息。刚才突然肚子饿了，就到旁边喝了点儿咖啡，不想飞机恰在这时落地，让您久等，很抱歉。现在，咱们到下榻的酒店去吧。"

不管怎么说，接上头了，心就踏实下来。

两人出了机场，游蓝达扬手招了出租车，让黑人司机把行李放妥在后备厢里，然后把司机后方的车门打开，说："柳女士，您请坐在这里，这里是整个车体中最安全的位置。"安顿柳子函坐好后，游蓝达上了前排副驾驶的位置，告知司机酒店的具体位置。车，缓缓地开动了，在漆黑的公路上奔驰。

机场离市区很远，路旁没有街灯。柳子函在暗中目光炯炯，毕竟这是她第一次到 Y 国，她四下张望，以期获得第一印象。不过她很快就放弃了努力，车窗外一片混沌，莽莽苍苍中能看到的景色几乎等于零。偶尔会车的时候，黑人司机原本就壮硕的头颅，被一扫而过的车灯打出巨大剪影，仿佛乌云压城。游蓝达端坐一旁，一言不发。突然，一辆加长的货柜车迎面开来,氙气灯格外耀眼。电光石火之间，柳子函突然有了一个惊人的发现，前排就座的游蓝达长着白桦木栅栏一样浓密的眼睫毛，像极了一个人——黄莺儿!

大约三十年前，有个专有名词：内部征兵。指的是军队干部的子女可以优先入伍。说是子女，其实并不包括儿子，主要是军队干部的女儿们。每年征召男兵的数额庞大，军队干部的儿子们想当兵，并非难事，首长们互通有无，你往我的队伍里送个战士，我给你的部队中添个列兵，举手之劳。倒是女孩子们大规模地参军入伍，此前没有先例。现实中已没有大学可上，与铺天盖地的上山下乡相比，当兵是条不错的出路。为了让军队干部们没有后顾之忧，每年都有招收女兵的名额分下来。

可惜，僧多粥少，女儿们不是人人都可以当上兵的。第一是有年龄限制，十六到二十岁，年龄太小或是超龄皆不行。具体执行政策的时候，一些十四五岁的女孩子也摇身一变成了军人，多半是父母怕过了这个村就没这个店，谎报年龄鱼目混珠。第二当然是要身体好，不能把一群林妹妹铸进钢铁长城。

两条硬杠杠卡下不少人，但名额还是不够分。怎么办呢？好办。按父辈的官职大小来排队。比如师长和团长的女儿都想当兵，名额只有一个，给谁呢？当然是给师长的女儿了。

柳子函的父亲是军分区司令员，今年哪怕只有一个内部女兵的名额，也板上钉钉非她莫属，谁也无话可说。更不消说柳子函年龄正好，腰杆笔直如同银杏树，双眼裸眼视力均为1.5，连蛀牙都没有一颗。通体碧透，无懈可击。

柳子函到了新兵集结地点，各地区送来的男兵和内部女兵都在这里换装。负责发放衣服的老女兵肆无忌惮地打量了一番柳子函，口中念念有词："罩衣二号，衬衣二号，解放鞋四号，裤头三号，帽子二号……"她身后的一个战士，在被服堆里按号挑拣着，手中渐渐堆起一摞军绿色纺织品。

柳子函赶忙申请道："帽子要一号……"

老女兵的目光像X射线，从柳子函的左耳横扫到右耳，再次估量了该女孩儿的头颅直径，不耐烦地说：“你怎么知道？”

柳子函说：“我戴过我爸爸的帽子，一号的，正合适。”

老女兵愣了一下，一号是最大的帽子，如果不是首长，谁能长那么大的头！不过，老女兵也是见过世面的，不会被新兵蛋子的大脑袋老子吓倒，她说：“你那是留着长头发。等一会儿把辫子剪了，二号正好！”

柳子函还要说什么，老女兵一指旁侧，说：“少啰唆！拿上衣服，先到那边去洗澡，要快！原本一直是男兵占着，见缝插针地给女兵腾出点儿时间，过一会儿还得改换成男兵洗。记住，从里到外都换了，连袜子！干干净净地再穿上新军装，出来就有个兵样了。”

柳子函只得乖乖地进了热气腾腾的澡堂。说是澡堂，其实不过是一家工厂的水泥池子，放了热水，让新兵们在此脱胎换骨。也不知有多少人在这池水中荡漾过，泛着绿泡的水十分不洁。柳子函草草洗完之后，把新发下来的军装穿上，正在照镜子，又进来了一个女孩儿。

柳子函来得已经算晚了，澡堂内此时就剩下她一人。那女孩儿磨磨蹭蹭地不愿下水，假装自言自语："俺从小到大没有当着人脱过衣服。"其实是说给柳子函听的。

柳子函扑哧一笑说："怕什么？都是女的。"

女孩儿扬起脖子说："女的也不行。"

柳子函说："你是来当兵的吗？"

女孩儿拍拍身上的碎花布袄说："那当然了。不然能让我进来吗？"

柳子函不屑："你既然来当兵，连当着女的脱衣服都不敢，今后怎么到战场上救人呢？"柳子函听爸爸说过，这次征的女兵，主要是分到医院当护士。她虽然一想起端屎端尿就恶心，但能有机会上战场，也让人充满英雄主义地神往。

女孩儿说："我可以去文工团呀！"

柳子函重新打量了一下这个女孩儿，果然是眉清目秀身材窈窕，便问：“你是哪个单位的？”

女孩儿说：“我还没单位呢！”

柳子函说：“我是问你爸爸是哪个单位的！”

女孩儿报出一个单位，柳子函听了大惊，正是自家所在的军分区。可大院内，根本就没见过这样一个女孩儿！柳子函说：“报出你爸爸的名字。”

女孩儿把缀着补丁的碎花布袄小心翼翼叠起来，扭着头说：“凭什么呀？我偏不把他的名字告诉你！”

柳子函想想也是，虽然爸爸是司令，但自己并不是，没什么资格盘问人家，于是转换方向：“那你叫什么名字？”

女孩儿是个一点儿亏也不吃的人，说：“你先告诉我你叫什么名字！”

柳子函说：“我叫柳子函。柳树的‘柳’。”

女孩儿拍着手说：“我的名字和你是亲戚。”

柳子函惊奇道：“你也姓柳？或者，姓杨？”

女孩儿说：“我叫黄莺儿。”

柳子函说：“原来是一只鸟。这和我有什么关系？”

黄莺儿说："黄莺儿这种鸟最喜欢在柳枝条里钻来钻去。"

柳子函摊出底牌："咱俩的爸爸是一个单位的，我却想不起分区哪位首长姓黄。"

黄莺儿别过身去说："慢慢想吧。告诉你，他啊，坐在所有首长的前面。咦，好像有人来了？别是哪个男的走错了门儿？"柳子函一听大惊失色，这还了得！急忙转身去看，门口并无人影。又听得背后咕咚一声，急回头，见那女孩儿已趁机三把两把将衣服脱完，好像褪下五颜六色的壳，紧接着白光一闪，身体就没入了洗澡池，留下水雾弥漫。柳子函面对着一堆充满乡土味道的粗布衣服，确信自己从来没有在分区大院里看到过这个女孩儿。

也许是哪位叔叔伯伯和前妻生的孩子？柳子函懂得这回事。有些干部在家乡结过婚生过子，进城之后，觉得不般配，就离了婚，另娶了城里的女学生。前面的老婆离婚不离家，侍奉老人，养育着孩子。多少年过去了，孩子长大了，老革命们良心发现，会把孩子从乡下领出来，谋一份出路。这样的孩子浑身土气，与部队大院的子弟格格不入。柳子函略一思索，基本上判定了这女孩儿的来历，可是，还有一点儿想不通——黄莺儿居然说她爸爸坐在所有首长的前面，这是怎么回事？军分区最大的头儿就是柳司令，还有谁的官儿比爸爸还大？柳子函倒不是有多少等级观念，只是充满了好奇。

正想着，黄莺儿从水里钻出来，吹开白雾，看到柳子函，生气地说："你怎么还没走？"

柳子函翻着白眼说："这儿也没有电吹风，我在等着头发慢慢干，要不然会得感冒。你让我走到哪里去？"

黄莺儿说："那你背过身，我好穿上衣服。"

柳子函说："偏不背过去！你凭什么命令我？"

黄莺儿抹了一把脸上的水说："那你就把眼睛闭上。"

柳子函说："我就不闭眼！有本事你今天就沤在这臭水中不出来！"

黄莺儿不理她，一个人抱着前胸，缩在水里，长长的脖子高耸着，像一只受惊的鹭鸶。

门被嘭地撞开了，一个灰绿色的身影扑进来，把两个人吓了一跳。好在柳子函衣着齐整，基本还能保持镇静，黄莺儿立马蹲下，绿水淹到下巴颏儿，只露一颗湿淋淋的头。

柳子函以为进来的是个男人，听到声音才知道是老女兵："为什么还不出来？淹死在洗澡水里了？马上就要开饭了！"说完又一阵旋风似的卷了出去，留下一股寒气。

黄莺儿只好爬出水面，当着柳子函的面穿衣服。柳子函惊叹黄莺儿完美无瑕的身体，宛若一整块大理石雕琢而成。优美的瓜子脸，笔直的鼻梁，紧抿得如同菱角般边缘清晰的红嘴唇……待穿上军衣，更是非同小可。柳子函深深自卑，同样的军装，套在自己身上稀松平常，穿在黄莺儿身上风姿绰约。

黄莺儿到底是谁的孩子？柳子函本以为这个疑团很快就可解开，只要晚上给爸爸打电话时顺便一问，就可水落石出，没想到，部队当夜就出发了。老女兵成了女兵们的排长。排长容颜惨淡不说，名字也寒气袭人，叫佟腊风。

闷罐子军列上，佟腊风正思量着把谁安排在又冷又吵的车门口睡觉时，黄莺儿已经一言不发地把背包堵在那儿了。第二天早上，大家还没有醒来，黄莺儿已经早起，把女兵们夜里灌满的尿桶，沿着车门的缝隙小心地倒了出去，让后面起来的人好有个地儿方便。

清晨到了兵站，闷罐子车暂停。几大笸箩馒头端过来，大伙儿一拥而上。柳子函东张西望，想找个地方刷刷牙，把手洗干净才好进早餐。一回头，笸箩已经见底，细密的竹篾上粘着几块馒头皮，好似投降的小白旗。柳子函不知所措，佟腊风走过来批评道："革命不是请客吃饭。"

黄莺儿用肘子撞撞柳子函，把一根筷子递给她。这可不是普通的筷子，一摞馒头被它穿心而过，仿佛巨型的白色糖葫芦。柳子函一边吃一边含混不清地说："都是因为有你这样的人，我才没饭吃。"

黄莺儿撇嘴说："你以为我吃不完呢？告诉你，我三口两口就能把这些馍都吞了。现在是从牙缝里省出干粮给你。"柳子函噎得直翻白眼，不由得对黄莺儿刮目相看。老爹说过，能吃的人打仗不怕死。

吃完了兵站的白馒头，火车重新开拔。新兵们盘腿坐在潮湿的稻草上，佟腊风拿出几天前的报纸，让大家像接龙游戏似的每人念上一段。柳子函的优势终于有所显现，她念得字正腔圆，像中央人民广播电台的播音员。轮到黄莺儿，她磕磕巴巴地把“革命不是请客吃饭，不是做文章……不能那样文质彬彬……”中的“文质彬彬”念成了“文质杉杉”。

一个多么低级的错误！“柳子函！”佟腊风皱着眉头叫道。

“到！”柳子函起立，屁股上沾的稻草随风摇荡。她奇怪黄莺儿丢了丑，把她喊起来干什么。然而老兵就是真理的化身，新兵蛋子只有像根旗杆似的尊听吆喝。

“黄莺儿！”佟腊风又叫。

“哎……”黄莺儿抻抻衣襟，款款站起来。

“要说——到！要像旱地拔葱一样嗖地挺身而立！听我的口令，坐下！起立！坐下！起立……”佟腊风毫不客气，在火车的颠簸中，让黄莺儿连续做了几十个坐下起立，木偶般循环不已，直到黄莺儿头顶像刚出锅的馒头，冒出垂直热气。

“好了，从此你们两个结成‘一帮一，一对红’。柳子函教黄莺儿学文化，黄莺儿教柳子函……”教柳子函干什么呢？佟腊风打了个磕巴，顿了一下接着说，“教柳子函长点儿眼力见儿……好，‘一对红’握个手吧。”

柳子函和黄莺儿只好握手。火车正好一个急刹车，两人一块儿扑在稻草上。跌倒了，手攥着手也没松开。倒不是感情有多亲密，而是人在立不稳的时候，格外需要支撑。柳子函和黄莺儿的脑壳几乎撞出青包，在这样近距离的凝视中，柳子函第一次发现黄莺儿的睫毛非常茂密，好像黑漆的甬道，整齐细密，尖端弯翘。在浓密的间隙中，透出干净的目光，仿佛被围拢起的一汪潭水，静谧幽深。

这样的睫毛，柳子函再也没有看到过。直到今天在异国他乡的土地上，深夜见了游蓝达的侧影。

到了。一丛丛叫不出名字的绿树中，掩藏着一栋砖红色小楼。灯光眯着眼，困倦地等待远方的客人。不论哪里的灯光，都是相同的，给旅人以归宿和安宁。游蓝达付了司机车费和小费，柳子函刚想拎行李，游蓝达悄然示意她站着别动。柳子函不知何意，乖乖地抱着肩膀僵立，一个白发苍苍的老侍者把旅行箱提进旅馆。

游蓝达把房门的钥匙递给柳子函，说："我住在您的隔壁。明天，应该说是今天了，您醒来后，我们共同进餐，开始确定行程。祝您晚安。"

柳子函四处张望："我的行李怎么不见了？"

游蓝达说："预订好的房，侍者已经把它送到您的房间了。"说完，塞给柳子函一枚硬币。

柳子函大惑不解，说："这是什么？"

游蓝达说："小费。"

柳子函惊讶："你还需要给我小费吗？"

游蓝达说："不是给您的小费，是您一会儿要付给提行李侍者的小费。估计您没有准备，我替您预备下了。"

柳子函感激不尽，连着说："谢谢，谢谢。"

游蓝达说："不必谢。这不是送给您的，是借给您的，连带刚才帮您付的行李小推车的钱，还有给出租车司机的车费和小费，共是××Y元，等您换好钱，请一并还我。祝您做个好梦。"说完，翩然而去。

柳子函恼火地想：真小气，讨债不过夜。这才多少钱啊，算得这样清楚。看着游蓝达的背影，她实在忍不住，叫了一声："游蓝达，我有事要问你。"

游蓝达转回身，说："请问，和工作有关吗？"

柳子函支吾："这个……好像……无关。"

游蓝达说："那对不起，如果和工作无关，请恕我不回答。一个人猛然到了外国，总会有层出不穷的问题。我是陪同，不是仆人，我只回答和工作有关的问题。"

柳子函火了，说："那我就说它和工作有关。因为如果这个问题不解决，我根本就睡不着觉，那你明天所有的安排都会落花流水。"

游蓝达略一沉思，说："好吧。您说服我了。我同意——对于现在的您来说，所有的问题都和工作有关。请讲。”

柳子函百般郑重地问：“你认识黄莺儿吗？”

游蓝达的眉毛挑了起来，说：“认识。”

柳子函狂喜，说：“你怎么认识的？”

游蓝达说：“不单我认识，这里所有的人都认识。”

柳子函抓住游蓝达的手说：“快告诉我，她在哪里？在干什么？”

游蓝达说：“它在森林里，歌唱。”

柳子函愣了半天，说：“好了，我没有问题了，你可以休息了。”

游蓝达却不走，说：“可是我有问题了。您要问的就是一只鸟吗？”

柳子函说：“她不是一只鸟，是一个人，一个女人。你的眼睫毛长得和她一模一样，都很长，甚至可以说是非常长。在这个世界上，我只看到过她和你有这样长的睫毛。”

“是吗？”游蓝达夸张地摸了摸自己的眼睫毛，说，“这真是一个非常有趣但极小的特征。睫毛长并不是什么值得骄傲的事情，它通常来自遗传，证明你的祖先活在一个风沙肆虐的地方，为了不在黄沙中迷路，那些眼睫毛长的人就占了便宜，仅此而已。而且，现在有各式各样的睫毛膏，可以让你的眼睫毛轻盈纤长，如果你愿意，它们可以长得像一把猪毛鬃刷。”

原来是这样！柳子函心灰意懒，闹了半天，这种让她怦然心动酷似黄莺儿的睫毛，竟是化工原料的手笔。她说：“对不起，我以为你是天生的。”

游蓝达宽宏大量：“您说得没错，我的睫毛就是天生的。”

柳子函还是意兴阑珊，的确，眼睫毛说明不了任何东西。她有礼貌地敷衍道：“人们通常对眼睫毛长的人抱有好感。”

“是吗？”游蓝达挑起眉毛，“不一定。正确地讲，那很可能不是什么好感，只是一种……怜爱。”

柳子函的心绪又被扰动，抗议道：“怜爱难道不好吗？没有人愿意被仇视。”

“怜爱属于强者对弱者的心态。长长的眼睫毛容易让人联想起儿童，简直像婴儿。而婴儿是没有反抗能力的，他们好欺负。您还有问题吗？”

柳子函叹了一口气，说：“我没有问题了。”

即使是没有了问题，柳子函也无法入睡。这一次是因为时差。虽然窗外黑暗寂静，但柳子函的身体顽强地认定这会儿是喧闹的正午，没有丝毫倦意。人在某些特定的时刻，会想起一些特定的人。

火车一直向西，当大家都以为到了外国的时候，火车突然毫无征兆地停了下来，目的地到了。下车一看，还是咱中国的地盘，才知道祖国实在是大啊。女兵们开始进行新兵训练，除了练齐步正步，就是扔手榴弹和匍匐前进，余下的时间被学文化和谈心填满。黄莺儿追着柳子函讨教，知识快速增长。反过来柳子函向黄莺儿学习的劲头儿不足，在眼力见儿方面并不见有多大改善。好在刀子嘴豆腐心的老女兵佟腊风也忘了自己的指示，不再监督检查。

“您好！”清晨，游蓝达穿一身粉紫色的运动装，轻快地和柳子函打招呼，“睡得如何？”

“挺好。”柳子函不愿泄露自己因回忆而失眠，敷衍道。

“‘挺好’这个词，如今在中国被滥用，有点儿情色意味了。”游蓝达滑稽地做了一个昂首挺胸的姿态。她们在宾馆附设的餐厅吃饭，一张小小餐桌，铺着手工绣花的亚麻台布，距离极适宜窃窃私语。

“你很中国通嘛！”柳子函惊讶道。

“我读的是东亚文化方向的博士，要了解当代中国，当然包括俚语。”游蓝达用餐刀在面包片上仔细地涂抹着草莓酱，让每一个缝隙都壅满血红的浆汁。

“你是华裔吗？”柳子函知道这样探问不符合西洋礼节，但你要在七七四十九天的日子里和一个人朝夕相处，当然需对这个人有基本了解。

“亚裔。”游蓝达回答。

这等于没回答。

“你是Y国人吗？”柳子函不气馁，再接再厉。

“是。”这一次，柳子函总算得到了确切答复。

“你是 Y 国慈善机构的职员吗？”柳子函盘根问底。

游蓝达说：“我是他们的雇员。”这几乎又是废话，如果不是雇员，她能来接柳子函吗？话不投机，柳子函闷头儿喝咖啡。如果没有咖啡因兴奋神经，今日的活动中她会哈欠连天。游蓝达呷了一大口冰牛奶，说：“我把访问安排向您汇报一下。”

一句“汇报”，让柳子函稍稍展眉，说：“你还很熟悉中国国情。不过，我也不是官员，你用不着汇报。把行动方案告知我，我就心中有数了。”

游蓝达把小桌上的盘碟送到回收台，又用餐巾纸仔细揩净桌面，打开随手带的公文包，拿出厚厚一沓纸牌。

“这是什么？”柳子函奇怪。

“机票。”游蓝达答道。

“谁的？”柳子函不解。

“咱们的。”游蓝达说着，将预订好的机票一张张摊开，铺满整个桌面，“这是从 A 地，也就是我们目前待的地方，到B地的养老院，这是从B地到C地的孤儿院，这是从C地到D地的临终救济所，这是从D地到E地的残障学校，这是从E地到F地的精神病院，这是从F地到G地的原住民保护区，这是从G地……”

柳子函目不暇接，心想：我的天！要坐这么多次飞机，出空难的概率大大增加。当了多年的兵，以前不曾捐躯祖国疆土，这一回倒有可能在海外殉职。看她走神儿，游蓝达说：“怎么，有什么地方不清楚吗？”

柳子函知道客随主便的道理，况且这个计划是Y国慈善机构为她度身而做，和一个小小的陪同并无关系，就说：“清楚了。服从安排。”

游蓝达又拿出一张精美的纸卡说：“这是我们机构特别送给您的礼物。”

柳子函以为是张贺卡，刚要拿到手里，游蓝达说：“还是我替您保存。这是您在访问期间的商业保险，要是您不幸亡故，您的家属将会得到×××万Y元的赔偿。如果您重度伤残，比如说是失去一只眼睛、一条腿或是一条胳膊，您就可以得到 ×× 万 Y 元的赔偿。如果您是轻度伤残，比如说……”

柳子函忙不迭地打断道：“谢谢你们的好意。我最大的希望是能全须全尾地回到祖国。”

游蓝达收起保险卡，微笑着：“我知道向一个东方人讲这些话，是很不受欢迎的。但是，我的工作要求我必须履行这个职责，请原谅。”

柳子函说：“我也是医生出身的人，并不忌讳死亡，不过也不是特别热衷谈论死亡。咱们进入下面的工作流程吧。”

游蓝达说：“我们在 A 地，要先会面有关专家，听介绍，让您对 Y 国的慈善事业有一个全面的了解。顺便说一句，我觉得您吃得比较少，好像只有一杯咖啡和一个蛋挞。是不是再来点儿什么？”

柳子函说：“谢谢你的关心。你知道现在这个时刻，相当于中国的哪个时辰吗？”咖啡因的兴奋劲尚未完全发作，柳子函还有点儿迷迷糊糊。

“子时。”游蓝达掐指一算。

柳子函说：“对。夜里一点。平日我的生活很有规律，像个老农似的日出而作，日落而息，没有吃夜宵的习惯。半夜三更往胃里填食，无异刑罚。”

游蓝达说：“要习惯时差，调整生物钟的最好方法，就是重新安顿您的胃。让您的胃按照当地时间装满当地的食品，胃是CEO（首席执行官），胃一变，所有的器官也就跟着改变了。柳女士，我希望您暂时放下北京时间，改成Y国时间，这样，您就能更快地融进这里的氛围。”

柳子函只好抖擞精神，又强吃了一个面包圈，再把手表调整过来。

听了Y国慈善机构的许多介绍，捧回了若干公斤的精美资料，之后就是走马灯似的参观。

每到一地，游蓝达都要先向主人简要介绍一番柳子函的身份和来意。这一天来到残障学校，站在残肢断臂的欢迎学生面前，游蓝达用柳子函所不懂的Y国语，眉飞色舞地宣讲着，时不时用优雅的手势向柳子函这边示意，柳子函什么也听不懂，只有像个东方菩萨似的，挂着永恒的微笑，不停颔首。看来这Y国的残障儿童们也颇有见识，听得兴起，不时地报以夸张的惊叹声，当介绍结束的时候，小巴掌乱飞，没有手掌的就跺脚，喧闹持续了很久。

参观结束，返回旅店。游蓝达说沿着一条小河可以步行回去，柳子函同意了，两人就缓缓散着步往回走。柳子函揉着腮帮子说："今天向孩子们笑得太久，表情肌都抽筋了。"

游蓝达说："其实您可以不必一直微笑，自然状态就好。"

柳子函说："我也不知道你向他们都说了些什么，要保持中国人的风度，所以我只有报以蒙娜丽莎似的笑。顺便补充一下，我并不认为蒙娜丽莎有多么漂亮，一般人而已。"

游蓝达说："我向孩子们介绍，说您是中国某慈善机构的负责人，说您当过医生，当过兵，曾在野战医院任职，他们就以为您在战场上抢救过士兵，非常佩服您。您知道，在Y国，医生属于高收入阶层，受人尊敬。进医学院几乎是所有孩子的梦想，特别是女生……"

河岸边，杨柳肆无忌惮地绿着，河水清冽。植物的绿，无论国度，无论时代，都是极为相似的。

不。你说得不对。不是所有的女孩子都愿意当医生的。起码，那时候的柳子函不是，黄莺儿也不是。

新兵连分配的时候，大部分要被分去当卫生兵，黄莺儿和柳子函坐在河边洗军装，边洗边聊。

柳子函说："我的理想是当通信兵，穿脚镫子，背电线拐子，爬电线杆子，在风雨之夜，把被敌特破坏了的电话线接起来。如果电话线不够长，就用双手握着电话线的两端，让滚烫的电流从我身上流淌过去，让首长的命令通过我的神经和血肉传达到战友耳中。大获全胜的时候，我静静地躺在花丛中，微合着双眼，仿佛在沉睡，嘴角挂着微笑……"柳子函被自己设想出来的景象所感动，几乎热泪盈眶。

黄莺儿狠狠拧着湿裤腿，水珠纷披而下。黄莺儿大睁着睫毛极长的乌亮眼珠说："你的意思是说你死了？"

柳子函说："那当然了。要是不死，怎么能成为英雄？"

黄莺儿说:“还是不要死的好。咱们还这么年轻，还没谈过恋爱，没嫁过人，也没来得及生孩子。”

柳子函朝水里吐了一口唾沫:“你可真……”她本想说“真不要脸”，一看黄莺儿无辜的俏丽脸庞，临时改口道，“你想得可真够长远。”要知道列兵们连谈恋爱都不允许，哪里就能扯到生孩子上面！这个黄莺儿，简直胆大包天。不过话又说回来，这种大逆之话敢跟你讲，也算是肝胆相照。柳子函感动之余，转换话题。

“你想分到哪儿去？”

黄莺儿的志愿是到文工团，演革命样板戏。最好是演白毛女，穿褴褛的白纱衣，袖口和下摆都被巧妙地撕扯成星芒状，跳“倒踢紫金冠”的时候犹如仙女下凡，只是充满愤怒。倘若不行，就演李铁梅，穿缀有白梅花图案的猩红小袄，梳一根油光水滑的大辫子，斜耷拉在胸前略略鼓起的地方，兜一个圆滑的曲线。连胳膊肘上的补丁，都是菱角花样的。假使这两个角色都轮不上，最起码也要扮个柯湘或是阿庆嫂，虽说是中年妇女，可在那种毛蓝色的衬托下，人显得格外干净利落……

柳子函不屑地把军衣口袋翻过来，抖搂出摸爬滚打时卷入的沙砾，在水里漂洗着衣服，说：“不要想得那么美，咱们这次分配，绝大部分是野战医院护理员，极个别的才到通信站，至于演出队，好像只有一个名额。”

黄莺儿说：“那咱们争取呀。”

柳子函说：“如何争取？你知道军人是以服从命令为天职,哪里容得你乱说乱动？你要是想上东，就偏让你上西，你敢不听命令？”

黄莺儿说：“你怎么知道的？”

柳子函说：“我爸说的。他常挂在嘴边的一句话就是：‘哼！某某这小子，他想如何如何，我就偏不让他如何如何。看是他说了算还是我说了算！’”

黄莺儿说：“真的？”

柳子函说：“当然是真的。有拿自己爸爸开玩笑的吗？”

黄莺儿用力搓着军衣的立领说：“既然是这样，我就有办法了。”

柳子函说："什么办法？"

黄莺儿银牙咬着下唇思谋，说："写血书，坚决要求端屎端尿。"

柳子函听了哈哈大笑，声音之大把树上的麻雀都震飞了。她说："想端屎端尿还用写血书啊？你安安静静地等着，尿罐子屎盆子自然会从天而降砸你头上。"

黄莺儿说："这不是声东击西嘛！因为你特别想去医院，按照军队的逻辑，就偏不让你去，咱们岂不就遂了心愿？万一不成，也还是当护理员，并不损失什么。你说呢？"

柳子函不得不佩服这一招儿实在是高。在部队里，选择是一种奢侈。她们要用自己的鲜血，做一次小小的抗争。

只是这血书如何写？谁也没见过。

柳子函找到佟腊风，佟腊风现任新兵连区队长，执掌分配大权。柳子函说："报告首长，我想给家里打个长途电话。"那时候，使用军线需要层层审批。

"什么事？"佟腊风问。

“我爷爷是老红军，过草地的时候牺牲了。马上就要到他战死的日子，我要向爸爸表一下决心，继承烈士的遗志。”柳子函早想好了冠冕堂皇的说辞。

佟腊风点点头，这个理由是不能驳回的，虽然她并不完全相信。干部子弟恋家了，想听听家里人说话的声音，如此而已，干吗说得那么英勇悲壮！不过，柳子函也算烈士子弟的子弟了，就以革命的名义做个顺水人情吧！佟腊风批了一张长途电话单子。

线路忙，直等到半夜三更，才轮到柳子函通话。这是柳子函当兵之后第一次要通家里电话，家人不是感到高兴，而是十分紧张。“子函，出了什么事？”妈妈的声音透着惊慌。

“没事。我都好。爸爸在家吗？我有话要和他说。”柳子函在战备值班室的里间打电话，虽然周围空无一人，还是压低了声音。

妈妈好生奇怪，一边叫爸爸接听电话，一边连连问：“吃得饱吗？穿得暖吗？训练累吗……”

柳子函说：“妈，我是在革命大家庭里，又不是在敌人手下。”

“工作怎么样？”猛然间换上了父亲苍老的声音，话音里透出威严。柳子函不由自主地拽着电话线立正了，说：“都好。我是个好兵。”

父亲说：“龙生龙，凤生凤嘛！有什么要汇报的？”

柳子函说：“我们马上就要分配单位了。”

父亲说：“想让我给你走后门，找个好单位？门儿也没有！丫头，要服从命令听指挥，叫你去做饭，你就去拿烧火棍；叫你去喂猪，你就去挑泔水桶！”

柳子函知道这就是爸爸的脾气，本来也没寄托丝毫幻想，并不失望，赶紧说：“我是想问问您血书怎样写！”

爸爸难得地笑起来，说：“这才像我的女儿。你写血书干什么？”柳子函说：“要求到最艰苦的地方去。”

爸爸说：“好。血书很简单，用你的血写成字就是了。纸不要太大，别跟大字报似的。注意字不要太小，太小了没气势。”

柳子函说：“爸爸，您当年写过血书吗？”

爸爸说："没有。老子当年的血，每一滴都要流到战场上。如今和平年代，才搞这些把戏。好了，我不管你，你自己好好干。丫头，没什么事，我挂机了。"爸爸的声音渐行渐远，柳子函能够想象出爸爸的一号帽子已经离开了听筒，马上就要扬长而去。

最后一瞬，柳子函突然想起一件事，问："黄莺儿是谁家的？"

柳司令员愣了一下，说："黄莺儿是谁？"

柳子函说："就是和我一块儿当兵的那个女孩儿啊。咱们军分区今年就征了两个内部女兵啊！"

柳司令员哦了一声，说："她呀，是开车的小杨的女儿。"

柳子函大叫起来："这怎么可能？小杨司机才多大啊？刚三十岁吧？黄莺儿比我还大一岁呢！"

柳司令员说："丫头，你还有正经事吗？我要看文件了。"说着，不由分说放下了电话。

疑窦丛生。柳子函又给妈妈挂通了电话，才搞清楚来龙去脉。

军分区今年的内部女兵名额只有两个，一个名额理所当然地归了司令员家，剩下的一个就很棘手。司令部参谋长和政治部主任各有一妙龄女儿，都在备选之列，军务科犯了愁，不知花落谁家，就把矛盾上交。柳司令平常不管这类鸡零狗碎腻腻歪歪的小事，但这一次，事关两员大将，处理不好，二桃杀三士。柳司令员只好亲自出马，先是和上级单位打电话，希望加拨一个名额，以便皆大欢喜。军区答复说现在下面各个单位都要求增加名额，这个口子不能开。柳司令员于是改换方向，要求上级单位干脆把那个名额收回，矛盾也能迎刃而解。中国的事历来是不患寡而患不均，现在索性连"寡"也没有了，当然也就没有了不均，便可相安无事。上级单位说，收回来的名额不知再发给谁合适，会引发新的混乱，所以维持原判。柳司令犯了难，觉得此役之复杂几乎相当于攻克一座城池。正当举棋不定之时，给他开车的小杨司机知道了内情，说："首长，干脆把这个名额给我吧。"

小杨原是战士，驾驶技术高，为人可靠，办事妥帖。服役期满后，柳司令没让他回原籍，改成职工编制，专为自己开嘎斯越野车。小杨平常爱哼几句地方戏，人勤快机灵，大家都喜欢他。

柳司令说："你前几年才结婚，女儿还在幼儿园吧？我就是把名额给了你，怕也要十几年后才派得上用场。讲什么笑话！"

小杨司机快速打着方向盘，躲着地上的坑洼，说："不敢跟首长讲笑话。我找的老婆是个唱西北小曲的，以前在家乡结过婚，生养过一个女儿，今年正好十八岁。"

柳司令晃着大脑袋说："那你不是找了个姐？"

小杨司机说："当时以为是个死了姐夫的姐，因她曲儿唱得好，人又俊俏，也就不在乎了。不想娶回来以后，才知道年纪比我大得多，简直就是个死了姑夫的姑。"

柳司令和蔼可亲地说："你对姑姑还挺好，并不嫌弃，做得不错。"

小杨把车开得很慢，说："成亲的时候，她并没有说老家还有一个女儿，后来我看她总是偷偷发呆，问了好多次，她给我跪下了，说希望我能原谅她，她放心不下女儿，要给女儿寄钱。我把她扶起来，说：‘咱们都是苦命人，我既然娶了你，就认下这个女儿。’我老婆说：‘你不必认她，还让她姓以前的姓，叫以前的名。她年岁也不小了，等过几年出了嫁，我也就放心了。’我说：‘行啊，一切依着你。’就这样，这个女娃一直在乡下和她姥爷同住，现在正好有这样一个名额，首长为难，干脆，何不给了我？”

柳司令想了想，与其让参谋长和政治部主任失和，不如成全了司机小杨。柳司令早年受过伤，腿里现在还有一颗日本人的子弹没有取出来，一直隐隐作痛，他实在不愿为这种事情伤脑筋了，就一锤定了音。

原来……如此！

知道底细后，柳子函对黄莺儿越发好了，怪不得她很多字不认得，原来是个苦命妞。

分配迫在眉睫，写血书一事，到了最后的关头。柳子函说：“黄莺儿，要不咱弄点儿猪血写份血书吧？”

黄莺儿说："使不得。那叫血豆腐，凝成一坨，哪里还拉得开笔？如果叫人从纸上闻出了猪头肉味儿，咱俩丢人现眼不说，简直就是逃兵了！"

柳子函吓得伸了伸舌头，想了半天，战战兢兢地说："要是把手指头咬破了挤出血来，十指连心，不得疼死人！我是宁肯端屎端尿也不敢对自己下这个毒手。"

黄莺儿恨铁不成钢，捂着肚子说："连这点儿血都不肯出，计谋哪能得逞？这样吧，咱俩的血书，由我一个人来写。"说完挑了挑眉毛，她有痛经的毛病。

柳子函老大不落忍，说："一定要写，各自包干吧。你的心意我领了，血还是自己流自己的。"

黄莺儿突然就笑了，长长的睫毛抖得像花蝴蝶的须子，说："我想到一个法子了。咱俩有福同享有难同当，你的那份血书我包了。"

柳子函终于点头应允，心想：什么叫鲜血凝成的友谊？这就是了。

轮到写血书的时候，柳子函拿出一把锋利的小刀，说："就用这把刀，是我爸爸从日本鬼子手里缴获的。"

黄莺儿仔细看看刀子，说："日本人的个子小，刀子也像片柳叶。这么小的刀，当年怎么杀了那么多中国人？"

柳子函说："别瞎说，这把刀可没杀过中国人。"

黄莺儿奇怪，说："你刚才不是说这是日本刀吗？"

柳子函说："日本人就不吃苹果不吃梨了？这是我爸缴获的战利品，水果刀。"

黄莺儿皱眉："反正我不用这刀。"

柳子函说："不把自己割了，哪里来的血？如何写血书？"

黄莺儿说："这你就不要多管了，反正到时候你会拿到一份血书。你到宿舍外面给我看着点儿，别让人进来。"

正是星期日的下午，自由活动时间。女兵们有的在外洗衣，有的拿到了外出的名额，到军人服务社购物照相，还没归队，宿舍里煞是清静。黄莺儿说：“你给我把着门儿，我来写血书。”

柳子函说：“这还需要保密吗？就算被人看见了，也没什么呀！”

黄莺儿说：“我的好妹妹，你傻不傻啊？要是人家看到咱们在写血书，也跟着依样画葫芦，到时候新兵连的血书堆得一人高，咱们的小九九就泡汤了。再有，我代你写血书，这要是让人知道了，岂不就是临阵脱逃？所以，万万要避人耳目的。”

柳子函想想也是，赶紧听从调遣。别看自己老爸是司令，在这件事上，黄莺儿绝对是总指挥。黄莺儿说：“别忙，我还要问你，屎和尿两个字怎么写？”

柳子函用左手在鼻前扇着说：“臭死了。”右手写给她。

黄莺儿拿出一支刷子样的小毛笔，说：“走，走，我要开始干活儿了。”黄莺儿把做什么事都说成是干活儿。

黄莺儿紧张地在室内操作着，几个外出回来的同班女孩儿汗水淋淋地要进屋拿盆洗脸，被柳子函伸出胳膊像交通警察似的拦住。“干吗不让我们进屋？”众战友大惑不解。

柳子函解释不出为什么，支支吾吾地说：“黄莺儿在里面换衣服。”

战友们说：“换衣服怕什么的？晚上咱们不是都睡在一屋吗？谁屁股上有颗痦子早就一清二楚。”

柳子函说：“反正不让进就是不让进。”心想：黄莺儿你快点儿快点儿，我坚持不住了。

有人心急，不听劝阻，扒在门缝上往里看，柳子函大惊，拦不住，先捂住了自己的耳朵，预备着听到一声惨叫。该战友还不得捶胸顿足？毕竟屋里白刀子进红刀子出，鲜血淋淋。没想到战友迅即离开了门缝，说：“黄莺儿已经在穿裤子了。”

大家就安心等，不想时间还是拖延了很久，黄莺儿才开了门。大家一窝蜂地拥进门去忙自己的事，只有柳子函心怀鬼胎，悄声问：“完事了？”

黄莺儿低声回答：“出去说。”两人鬼鬼祟祟地来到僻静处，黄莺儿从随身挎包里抽出两张纸，小心翼翼地打开，纸上有淡红色的字迹。

一张是：“到最艰苦的地方去！”

另一张是：“为革命端屎端尿！”

柳子函左右端详，大失所望，说：“这字怎么不红？”

黄莺儿说：“纯粹的血是写不成字的，会凝住的。兑了水，颜色就不那么鲜了。”

柳子函这才想起自己光注意战利品了，忘了慰问伤员，忙说：“黄莺儿，快让我看看你的伤口。还疼吗？”

黄莺儿扭着身子说：“不用看了。刚刚止住血，一看，又会流出来。”

柳子函说：“这两天你不要自己洗衣服了，我替你洗，要不伤口会发炎。”

黄莺儿说：“穷人家的女儿，哪有那么娇气！没事。把你那张拿走吧。”

柳子函不好意思地说：“你让我先挑，我就不客气了，就要艰苦这张。屎尿那张，你自己留着用吧。”

黄莺儿说：“哎呀，你怎么不早说？我还觉得屎尿这张特感人呢，就先尽着你了。名字都写下了，不好改了。”

柳子函这才注意到，在每张血书的最底下，都缀着小小的红色名字，还有年月日。柳子函只好把自己的名字和“屎尿”一并收下，敬了个军礼说：“谢谢！”

“屎”“尿”二字因为笔画多，糊在一起，像被拍死的两只吸足了血的大蚊子。

她们把血书交了上去，决定女兵们命运的大分配，马上就要开始了。

路边的橡树目不斜视地立着，像谦谦君子。松就是长命百岁的长者，沧桑伟岸。莽莽苍苍的雪杉，仿佛绿发巨人，红褐色的树干开裂着，如同皲裂的象皮。柳子函不禁肃然起敬，问游蓝达：“我们要到某个重要机构了吗？”

在国内，只有显赫的单位，才栽有这种气势磅礴让人敬而远之的植物。如果你在某个陌生的城市，突然看到如同圣诞树一样的杉和松，就知道自己正在逼近领导身旁。

“我们就要到一家养老院了。”游蓝达说。

心绪走得太远了，还是回到眼前吧。柳子函无话找话道：“这叫什么树？”

游蓝达对柳子函提出的每一个问题都很在意，因为这是她的工作。她抬头看了一眼树冠，又走过去用指甲抠了一下树皮，有红色木渣细碎落下。她说：“这叫红杉，又叫花旗松，在美国也叫加利福尼亚杉。针叶乔木，最高可长到一百多米。”

柳子函又看到路旁一种绿叶灌木，大约有一米高，叶子像口琴，煞是奇特。叶子底部有三对尖锐的刺儿，表面是黏稠的浓绿色，叶的背面绿得不可思议，现出若隐若现的紫，好像老到了极点的青虫。花朵倒还吉祥，粉红色，像樱，然而肯定不是樱，樱是木本的树，这却是灌木。柳子函遍寻记忆不认识这种植物，便问：“这，叫作什么花呢？”

“这个……”游蓝达一时语塞，眨巴着眼睫毛辩解道，“植物学不是我的专业，我也不了解。”

柳子函也不是非要一个答案，两人出行，不愿冷场，不过随口问问，看游蓝达发窘，就说：“没事。不知道就算了。你眨眼的样子，实在是像我的一个熟人。”

游蓝达也乐得把话题从灌木上荡开，问：“什么熟人呢？”

柳子函说：“你还记得我那天问过黄莺儿的事吗？”

游蓝达说：“记得。一种鸟。”

柳子函说：“不是一种鸟。是一个人。我的战友。”

游蓝达说：“听一个优雅女士说‘战友’这个词，有点儿杀气。挺有趣的。”

柳子函说：“不是只有男人才有战友，女人，也有。也许，更纯粹。你愿意听我讲战友的故事吗？”

游蓝达说：“这是一个好主意。我们在一起要度过四十九天，虽然现在已经过去了几天，但和整个时间段相比，仅仅是开始。我们一定要创造出一些话题，不然，您如果总是把看到的每一棵草或是每一种飞鸟拿来问我，我就是变成一本《大英百科全书》也招架不了。”

柳子函说：“其实，你可以不回答我的问题，当然，事关工作的除外。你太像我的那个熟人了。尤其是你眨眼的时候，我会不断地想起她。现在，我们就开始说说她的故事。”

游蓝达思忖说：“我倒是很愿意听远方的故事，尤其对我了解那个过去的时代有帮助，对我的专业有帮助。只是这样做，会不会涉及他人隐私？”

柳子函沉吟道：“就是杀了人，有时也只判二十年的徒刑。这件事，太久远了，也许她已不在人间。我们说到她，只是纪念。”

游蓝达说：“好的，柳医生，我愿意与您共同回忆一位友人，尤其是这样可以让我逃避一些我不知道的问题。遗憾的是此刻咱们只有打住，因为，养老院到了。”

老人和慈善，常常是比肩而立的双胞胎，养老院是慈善机构最主要的耕耘之地。柳子函在国内到过很多养老机构，迎接她的总是满目疮痍的笑脸。柳子函总是带着善款莅临，像此刻这样以一个看客的身份，赤手空拳地抵达养老院，还真让她有点儿歉然。

满头金发身材庞大如粉红肉山的女院长向柳子函介绍概况，游蓝达逐一翻译。柳子函接过厚厚的宣传材料，对游蓝达说："请转达我的谢意。如果材料上已有介绍，就请从简。时间很宝贵，我更愿意实地看看。"

游蓝达同声传译，"肉山"院长耸了耸厚肩膀说："好的，你们可以在养老院里随处转转，有什么不明白的地方，随时用对讲机同我联系。"说着，摇摇晃晃地离开了，地动山摇。

这是一座美丽的庭院式建筑，医疗、运动、娱乐设施完备，成群的老年人聚集在不同的房间里，自得其乐。柳子函慢慢走着，竭力掩饰着自己的羡慕之情，心想：哼！等我们将来更富裕了，会修更好的养老机构。正想着，走廊尽头出现一块巨大金属标牌，游蓝达看了眉头微蹙。

柳子函说："这里是什么地方？"

游蓝达说："洗澡车间。"

空无一人。看来此刻不是洗澡车间的工作时段。

柳子函惊问："老人宿舍里，没有洗澡间吗？中国比较好的养老院里，都已经普及洗澡设备了。把老人们集中到一起洗澡，很容易出事的。"

游蓝达也摸不清原委，急呼"肉山"院长。

院长带着胸有成竹的微笑出现，知道独自转悠的客人们一定会遇到无法解答的问题。她自豪地说："当然，每位老人的房间里，都有淋浴和浴缸两种设备。在一个人还不太老的时候，可以任选其中一种方式清洁自己。但是，当他们更老的时候，这就会成为一个难以逾越的障碍。洗澡是人类在衰老的过程中，最先丧失的能力。怎么办呢？"她大而混浊的眼珠子，盯着来客。

"在我们国家里，年轻人会帮助老人洗澡。"柳子函回答。

"没有那么多年轻人愿意来做这项枯燥乏味的工作，这意味着繁重和昂贵的人工，而这正是我们所极端缺乏的。况且，洗澡是很难量化的，我的意思是——你不能测定人工在这个过程中的工作量，也无法检验产品的质量。很难有统一的验收标准。”“肉山”院长回答起问题来，一丝不苟。

柳子函就是再爱国，也不得不频频点头。是啊，你很难给洗澡制订一个标准，规定在充满皱褶的背上搓多少下或是把深陷肉床的脚指甲剪去多少毫米算作合格。

“肉山”院长说：“解决的方式，唯有机械化。”

当游蓝达吐出“机械化”这个词的时候，柳子函第一个反应就是怀疑游蓝达的翻译水平。错了吧？不要说是给风烛残年的老人机械化洗澡，就是活蹦乱跳的俊男靓女，恐怕也吃不消。

柳子函盯着游蓝达，游蓝达猜中她的心思，一脸无辜地说：“院长就是这个意思。洗澡机械化，一点儿没错。”

柳子函心想：在概念上兜圈子，恐怕永远也理不出头绪，索性到实地看看，也许就云开雾散。几个人走进了洗澡车间，首先映入眼帘的是一排排诡异的不锈钢机器，好像进入了未来世界。“肉山”院长很自豪地说：“这些器械都是我们自己发明和制造的,享有专利。你在世界上任何其他养老机构里,目前绝看不到。”

柳子函绕着一台铲车似的机器走了两圈儿,不解:“这是干什么用的?”

“肉山”院长说:“这是把卧床不起的人铲起来的工具。”她随手指着旁边一辆电瓶车似的家伙说,“人被铲起来之后,平躺在这上面,被推进洗澡机。”

柳子函震惊地重复道:“洗澡机?”

游蓝达惟妙惟肖地把柳子函的口气传达了过去。“肉山”院长炫耀地说:“对,就是这样一台专用机器。把人整个浸泡进去,只留头颅在水面,然后从多个方向喷射水流,旋转按摩上下冲刷……当然,还有电脑操控的不同风格的沐浴液洗发液会依次喷出,绝无死角,随后海绵刷头会全方位摩擦……所有的程序完成之后,水会自动排干,然后开启暖风,彻底吹干老人的身体,最后是自动送出一块巨大的毛毯,将老人全身包裹起来,然后……”

柳子函听得晕眩,无法想象风烛残年的老人,被这样荼毒之下能坚持活着走出车间吗?她打断了

"肉山"院长的话，虽然这很不礼貌，但也顾不上了，她说："老年人的体质一般都比较弱，是否经得起这样的……"她本来想说"折磨"，话到嘴边，感觉不妥，改成"折腾"。

"肉山"院长摆动着巨大的身躯说："你提了一个很好的问题。我们充分考虑到老年人的特殊身体状况，当他们进入洗澡机时，就开始了监控。他们的血压呼吸脉搏等生命体征，时刻在我们的密切注视之下，一旦发生异常情况，电源会立即切断洗澡机的运行，用最快的速度把老人转入医疗模式。那边是抢救室。在两个模式之间，有一条高速传送带，可以在第一时间开始救治。用这个方法，我们成功地给植物人洗了澡……你知道什么是植物人吗？"

"肉山"的嘴唇快速翻动，游蓝达亦步亦趋翻译着，可是，柳子函心不在焉，心已远去，兴味索然，只是机械地点头回应。

从养老院出来之后，天色渐暗，已是晚餐时刻。游蓝达说："我将来要把母亲送到这里来。"

柳子函赶忙把自己从思绪中拔出。当一个人说到自己母亲的时候，你不给予及时回应，实在是不尊敬。她不解："你不愿意和她一起住吗？"

游蓝达斩钉截铁地说："不愿意。"

"她虐待过你？"柳子函吃惊。

"没有。物质上没有。那是一种精神上的拒绝和扼杀，暴力从我还没有记忆的时候就开始了。我从来没有亲近过她，根本就不愿见到她。"

柳子函说："按照东方的习俗，这几乎是不可思议的。"

游蓝达说："我恨她。她是一个残忍的女人，一直想杀死我，我从来都不叫她妈妈。在我很小的时候，她就嫁到Y国来了。对了，我没有父亲。当然了，在生物学上我是有父亲的，但我母亲从来没有讲过我的父亲，这也是我仇视她的原因。因为她的过失，造成了我的自卑和缺憾。这个责任，我是永远不会原谅她的。她对我那样恶狠狠的，我将来肯把她送到养老院，已是以德报怨。"她长长的睫毛下，贮藏的全是幽恨。

柳子函见话锋如此凌厉，不想深入，赶快岔开说：“不好意思，我肚子有点儿饿了。”

游蓝达迅即调整自己回到工作状态，问：“您希望今天晚上吃什么？”

柳子函回答：“什么都行。”

游蓝达说：“您在Y国的这段时间，我们要在一起吃很多顿饭，我尽量安排每顿不重样。此地附近，有一家很好的意大利饭馆，您愿意品尝吗？”

只要能转移开话题就行。柳子函假装很有兴致地讨论食谱：“行啊。关于意大利的饭食，我只知道比萨饼。据说还是元代从我们那儿学去的，估计是因为马可·波罗晕船，回到家就把馅饼制作的方法记差了，把馅放在皮外面，味儿不大地道。”

游蓝达说：“那我们就吃比萨饼之外的意大利美食。意大利人在主食方面和中国人很相近，都喜欢面条、饼和米饭。”

离家才几天，听到米饭面条这样的字眼儿，已是口舌生津。两个人进了一个很有文艺复兴时代气息的餐馆，到处都是圣母和圣婴相依偎的形象。侍者递过菜单，柳子函面向游蓝达："我不会点意大利餐，烦请代劳。"

游蓝达说："恭敬不如从命，那我就按照自己的口味点了，如果您吃了觉得不错，就算我蒙上了。如果觉得不好吃，就算您交了学费。"

柳子函更正道："不是学费，是餐费。晚上吃不下太多，简便就行。"

AA制，两人各吃各的，泾渭分明。柳子函面前是一撮放在瓷盘中央的夹杂有腌肉和火腿丁的洋葱饭粒，外加一陶钵黄菇、青椒、西红柿和叫不出来名称的蔬菜乱炖，色彩斑斓得如同面对一条盘曲着的毒蛇。游蓝达是一只葡萄紫色的船形茄盒，内载着被番茄酱拌过的羊肉酱，加上汪着橄榄油的蝴蝶面，煞是好看。两人边吃边聊。

游蓝达说："怎么样？"

柳子函吃了一口半生不熟的饭粒，洋葱炒得不熟，险些辣出眼泪，她囫囵咽下去说："我先要搞清楚是在回答谁的问题，朋友，还是工作人员？"

游蓝达不解："这有什么不同吗？"

柳子函说："当然。朋友把好东西推荐给我吃，不好也得说好，不然就是对不起人，让人没面子。如果是工作关系，另当别论。"

游蓝达说："在工作时间，我是您的陪同兼翻译。现在是私人时间，我是您的朋友。不过，我还是愿意听到真话。"

柳子函沉吟了一下："还……行吧。"

游蓝达说："您的眼睛出卖了您。"

柳子函不小心嚼开一颗苦蓝莓，龇牙咧嘴，心想可惜没有镜子，不然一定能看到半截舌头像涂了紫药水。她赶忙分泌口水稀释酸涩，口齿不清地说："此话……怎讲？"

游蓝达说："我是学过一点儿读心术的。人说假话的时候，眼神儿会向一个遥远的地方飘去。很遗憾，您刚才就是那个样子。"

柳子函被人揪住把柄，不甘心地辩解道："我的眼神儿即使是向遥远的地方飘去，那也是因为我想起了往事，和真话无关。"

游蓝达说："什么往事？"

柳子函说："你知道什么是植物人吗？"

游蓝达说："在今天的谈话里牵涉到了这个名词，我也不知道自己翻译得对不对。我说人变成了一株树木或草。"

柳子函说："我给你讲一个和植物人有关的故事吧。它发生的时候，你还没有出世。"

游蓝达说："很好。我这个人有个毛病，就是爱听往事，越是年代久远越感兴趣。只是如果我不明白，可以问吗？"

"当然，可以。"

"我和我的战友黄莺儿写了血书，要求到最艰苦的地方去当卫生员。"

"黄莺儿是一个美丽的女人吗？"

"对，是一个美丽的女人。"

"你们非常愿意当卫生员吗？"

"不。我们一点儿都不愿意。"

"既然不愿意，为什么要写血书呢？是用真正的血写的吗？"

“是的，血书是用真正的血写的。在那个时代，我们有时候会做一些自己并不想做的事。看起来是那样坚决，那样自愿，但是，其实不是这样的。”

“这很有点儿费解。”

“我同意，费解。但那时就是那个样子。”

“好了，我知道了，您和您美丽的战友并不想当卫生员，但是你们很狡猾地说了假话。”

“哦，你这样理解那时的我们，我很遗憾。并不是‘狡猾’。”

“那您希望我怎样来理解你们呢？”

“一种为了理想的实现而制造的小小策略。”

“好的，您说服了我，我同意了。请继续说下去吧。”

“可能是我们的血不够虔诚吧，结果，我和黄莺儿都没能实现自己的愿望，她没有当上演出队队员，我没有当上通信兵。我们被分配到了不同的野战医院。”

“血不够虔诚，这是什么意思呢？”

“我要告诉你一个秘密。这个秘密在几十年的岁月里，我从没有告诉过任何人。”

“真的？几十年前的秘密？就像葡萄汁变成了红酒贮藏在橡木桶里？我很好奇，甚至感动。请说出您的秘密。正确地讲，是你们的秘密。”

临分手的时候，黄莺儿对柳子函说：“唉！都怪我，也许，用错了血。”

柳子函打着背包，重复着背包带“三横压两竖”的口诀，宽慰黄莺儿说：“血还有什么错不错的？这就是命运。士兵以服从命令为天职。”

黄莺儿看看身边没有旁人，悄声说：“你知道我用的是什么血？”

柳子函吓了一跳，说：“难道你用的不是人血？我记得你当时一个人在屋子里，我还给你把着门，你也没有机会杀只鸡啊！”

黄莺儿说：“不是鸡血，是经血。你忘了我当时正好肚子痛。”

柳子函捶胸顿足，咬牙切齿道：“天哪！黄莺儿，你怎么能想出这种鬼主意？就算你想出了，你也不能真做啊！就算你真做了，你也不该告诉我！就算你告诉我了，也不能这样理直气壮啊！让我一辈子不知道这件倒霉的事儿多好！肮脏啊肮脏！”

黄莺儿镇静地回答：“没有什么肮脏的。都是血。你不能说刷牙出的血就不干净，眼泪哭出的血就不金贵。难道只有胳膊和手指尖的血才是热的？血是活的，流到哪儿算哪儿，流多了会丧命。哪儿的血都是红宝石。”

柳子函吃惊地看了看黄莺儿，她原本细弱的身体，在部队大米白面的滋养下，如浇了水的旱地小白杨，身姿挺拔顾盼生辉，这是一个有野心的姑娘。柳子函把背包带最后一道横绳煞得嵌入棉花被，保证颠簸五百里路也不会散。

“谢谢您告诉我你们的秘密。秘密会把人黏结。我能够接受这个推理，血都是热的。你们很想分到一起吗？”游蓝达问。

“那当然。我们是好朋友。不过，分别也在意料之中，我们并不太失望。毕竟军人是以服从命令为天职的。”

“好了，我不再打断您。请您继续说下去。您和您美丽的女战友，不得不分离。”

是的。她们分开了。佟腊风说：“你们的这点儿小把戏，还想蒙住我？声东击西，这是兵法里常用的招数。你们不是要求到最艰苦的地方去端屎端尿吗？我成全你们。”

柳子函心想：谢天谢地！只要你不把血书放在鼻子底下闻一闻，分到天涯海角我都没意见。她们分到了不同的军区医院，柳子函在炊事班，黄莺儿是护理员。刚开始还有书信往来，那时候士兵通信不用贴邮票，只要在信封上面盖一个三角形的军用邮戳，就可以放飞问候。后来，制度改革了，战士的信也要贴邮票。列兵每月的津贴费是六块钱，女兵加发七角五分钱的卫生费，归拢到一起，合成现在的货币，也不到一美元。邮票贴多了也是不小的开销，不知道有多少纯真的友谊，在信封上夭折。

好在当兵的人，就是彼此不通信，也大致知道前进的步伐。所有的兵都要从最基层干起，不许谈恋爱，干最苦最累的活儿。你要等到兵役服满了，多年的媳妇熬成婆，提了干，穿上四个兜兜的军服，才能有真正的发展。这就好比是爬山，士兵是山旮旯，干部是山尖。山势陡峻，你不能停留，只能手脚并用地攀爬，一不小心就会跌下山谷。

在半山腰，出乎意料地有了一个歇脚的凉亭。各医院选送优秀的卫生员到大军区进行培训，学业结束后从中择优提拔助理军医。

好机会。部队里的医生，通常都是军医大学培养出来的，从护理员中选拔大夫的机会凤毛麟角。柳子函思前想后，战战兢兢地给家里挂了电话。

按说她的表现也不差，在炊事班埋头苦干，两年光景入团入党，连续获得“五好战士”。不过柳子函任劳不任怨，也不会讨好领导，像这般僧多粥少的事，估计轮不到自己头上。柳子函倒不是拈轻怕重想出人头地，主要是太想读书了，无奈之中，只好向家中求援。这是她当兵以来首次呼叫家中给予火力支援，她心中忐忑。她知道爸爸是黑脸包公，为子女走后门的事，想也不用想。好在妈妈那边还可搏一搏，虽然也是老革命，但亲情和原则之间或许有缝隙。电话拨通之后，柳子函结结巴巴地说明了来意，后面又动之以情晓之以理："妈，等我当了医生，以后你们老了，天天给你们重点护理，让你们长命百岁……"

妈妈小声叹气道："还长命百岁呢，这事若是让你爸知道了，留在伤腿里的子弹，马上又得发炎。"

柳子函说："妈妈呀……"

妈妈说："你不要这样高一声低一声地叫妈了，也千万不要再打电话了。若让你爸知道，这事就一点儿门儿也没有了。悄悄等着吧。"

柳子函等到了去大军区学习的名额，好在她平日还算吃苦耐劳，人缘也不错，此事就不显山不露水地过去了。柳子函到了医训队，看到的第一个人，居然是黄莺儿。几年不见，黄莺儿出落得越发清俊，以前的山野小妞味道烟消云散，已然是成熟的女兵形象，军衣略加剪裁，穿上十分合体，军帽戴得比一般女兵要高些，帽檐朝天，额前就飘落下更多的散发，好像黑色的云雾衬托着一张素脸皎洁如月。黄莺儿因为风采出众手脚麻利，一直在干部病房照顾首长，耳濡目染，举手投足之间，便有了大家闺秀的风范。

柳子函惊喜万分地扑上前去：“我差点儿认不出你！”

黄莺儿左右端详着柳子函说：“你倒是一点儿都没变。”

柳子函说：“夸奖了。成天在猪圈里，长得也像猪八戒了。现在可真好，咱俩从战友成了同学。”

黄莺儿把玉葱一样的手指竖在鲜红的嘴唇中央，轻轻地吹着指肚，好像那里有一个小小的伤口，说：“你别大声嚷嚷，千万别让人知道咱们认识。”

柳子函不服：“为什么呀？好像咱俩是坏人似的。”

黄莺儿说：“如果人家知道咱俩早就认识，就会把咱们拆散。如果是素不相识，分到一块儿的可能性反倒大大增加。”

柳子函想想的确是这样，点点头，低头跑开，很陌生的样子。

黄莺儿这一次计谋得逞，两人居然成了同桌。课业紧张，理论学习完成之后，她们被分配到同一家驻军医院实习。

实习从外科开始。外科是医学上的王冠，手术刀薄钢单刃，锋走轻灵，挽无数生命于倒悬。当然这说的是老医生，对新手来说，连在肚子上的麦氏点上划一道切阑尾的口子，都歪歪扭扭。要学的东西实在太多了。

外科护士长佟腊风，一看当年自己接的兵成了军医坯子，心中酸酸的。要知道，医生的嘴护士的腿，那是不可逾越的鸿沟。她对当年的新兵蛋子如今的实习医生说："科里工作很紧张，有特护病人，你们也要搭把手。不要光在手术室里像个屠户似的切肚子，也不要老蹲在医生办公室摇笔杆子下医嘱，总觉得自己比护士高明。"

面对着当年的老上级，两人哪敢顶嘴，唯唯诺诺道："听从组织安排。"

实习军医的地位其实是很低的，所有的人都可以支使你，老护士们更是对这些未来的医生吆五喝六，好像来了一批廉价劳动力。佟腊风把一个特护病人交由黄莺儿和柳子函负责。

病人，正确地讲是伤员——宁智桐，一个年轻的连长。他并不是有病，是有伤，浑身裹满了绷带，修长的身体，好像一块巨大而洁白的关东糖。实弹演习投掷的时候，一个新兵把刺刺冒烟的手榴弹扔在了掩体里，周围都是人。宁智桐一个箭步跳过去，把手榴弹高高举起，拼全力扔到远处。手榴弹在坑道上方凌空爆炸，宁智桐受了严重的颅脑外伤，周身鲜血喷涌……所幸其他的人都平安无事。经过急救和一系列的手术，宁智桐的生命是保住了，但他一直没有苏醒过来，无知无觉像个婴孩似的躺在单人病房里。

那个时候没有监护设备，全靠他人精心呵护。一个小时一翻身，不能让英雄长了褥疮。全流体的食物要从胃管平稳地灌下去，以保证营养吸收和维持胃肠道基本功能。当然，还要处理大小便。部队派来一名叫小宋的通信员负责日常护理，协助医护人员完成诸多治疗。

皮开肉绽渐渐恢复，但宁智桐仍没有知觉。他的身体保持着强健和伟岸，全仗着小宋尽职尽责，不停地帮昏迷中的宁智桐活动四肢。小宋抓住宁智桐的膝盖，像蹬自行车一样来回摆动，从股方肌按摩到腓肠肌，把每一个脚指头都如花生米一样捏来揉去，累得满头大汗。

柳子函夹着病历，查看宁智桐的反应。翻开宁智桐的眼皮，检查他的瞳孔。宁智桐两枚又大又黑的清澈眼眸直视柳子函，让柳子函不知所措。

“幸亏你们连长训练有素，要不叫你每天这样折腾，弄不好会肌肉拉伤。他要是能感觉得到，肯定浑身酸痛，好像急行军一百里。”柳子函赶快合上宁智桐的眼睑，面向小宋说话。宁智桐的伤情大有好转，令人愉快。

“这是黄医生特地布置的，还叫我不要偷懒，说要不我们连长醒来之后，会变成一个浑身赘肉的大胖子。我们连长可是个美男子呢。”小宋越发卖力地帮宁智桐活动筋骨，问，“柳医生，你说我们连长什么时候能醒过来？”

“这可说不好。也许明天，也许，很久。”柳子函把科主任讨论病情时说的话鹦鹉学舌。

“柳医生，你说咱们这样讲话，我们连长听得到吗？”小宋又抛出心中疑问。

“听不到。”这一次，柳子函回答得毫不含糊。

“可是，黄医生说他听得到的。”小宋反驳。

“那是黄医生怕你难过，故意这样说的。”柳子函和黄莺儿医疗风格迥异。柳子函一言不发，黄莺儿念念有词。比如黄莺儿要给宁智桐侧身，会轻柔地拍着宁智桐的肩膀说：“咱们要翻身了啊，我先帮你转到那边去，可能有点儿疼，坚持一下啊。”

若是柳子函，就二话不说，把宁智桐像袋面粉一样翻过去。对此，小宋颇有不满，说：“柳医生，你就不能像黄医生那样？”

柳子函问：“黄医生哪样？”

小宋说：“温柔一点儿。”

柳子函抱歉地说：“黄医生是首长病房出来的，我一直在炊事班喂猪，服务对象不同。”

宁智桐的饮食是个大工程。先要把稀粥过滤成没有一颗米粒的纯粹汤汁，加入肉末煮熟后碾成的肉酱，然后再融入味精、维生素、营养物质，等等。还有最关键的蛋黄末，因为富含卵磷脂，对恢复脑功能大有裨益，更是餐餐必备。凡此种种，汇成一种淡黄色的糊糊，加温后从胃管直接推进去，每日六次。胃管外端以白纱布包裹，垂在宁智桐嘴边，好像他日夜衔着一支特大号雪茄。胃管的另一端当然在宁智桐体内，这是他的生命线。每次轮到柳子函喂饭，就用大号注射器推得飞快。小宋看不过眼，说："柳医生，求你了，能不能慢一点儿？"

柳子函擦擦汗说："宁连长一天要吃几顿饭？"

小宋说："六顿啊。"

柳子函说："你觉得这东西顶饿吗？"

小宋说："估摸着不行。我们连长没伤的时候，一顿吃三大碗干饭！"

柳子函说："这不就对了？他一定早就饿了。我这种喂饭的方式，就是充分模拟他健康时的狼吞虎咽。"

小宋疑惑地说：“我看还是黄医生那样比较好。”

柳子函就悄悄观察黄莺儿如何喂饭。黄莺儿先把热水袋灌满开水，压在胃管上方，这样每一口糊糊的路途上，都走过一个加热站。喂饭前，她会对人事不知的宁智桐说：“咱们吃饭了。我知道你一定饿了。”然后把宁智桐的头颅轻轻托起，偏向一侧，说：“我先喂你第一口。可能不大好吃，不过，这是营养室特别调配的，你要坚持吃下去。这样你的伤才能快快好，你才能早点儿醒来，回你的连队，带你的战士们……”

柳子函忍不住跳将出来，说：“我的天！黄莺儿，你太啰唆了！他又不是个小孩子，是个连长啊！你会把他惯坏的！再说，他也根本听不见。”

黄莺儿说：“不管他听得见听不见，我都要把这些话告诉他。要不，人的胃冷不丁地被塞进一大摊混着癞蛤蟆味儿的米糊糊，一定不舒服。”黄莺儿对维生素 B_1 存有成见，老说它有一股济包味儿。

柳子函说：“不管怎么样，我不喜欢这种婆婆妈妈的腔调。要知道，一个英雄连长，以后有可能当将军的！”

黄莺儿叹着气说：“还将军呢，能醒过来就不错了。”

宁智桐醒来的时候，是在黄莺儿班上。事后柳子函多次问过黄莺儿，宁智桐醒来的时候情形究竟怎样。黄莺儿回答：“好像也没有什么特别的，我给他检查瞳孔的时候，他眼神儿突然动了起来，我还以为是自己眼花了，反复地用手电筒晃，他开口说话了。”

柳子函非常感兴趣，问：“他说什么了？”

黄莺儿拒绝，说：“我不告诉你。”

柳子函奇怪：“这有什么不可说的？还保密啊？我偏要你说。”

黄莺儿有些尴尬地说：“人们都觉得英雄醒来的第一句话，应该是豪言壮语，比如问——战友们怎么样了？或者是说，我没有完成任务……可他说的不是这个。”

柳子函越发不解，刨根问底道：“究竟那是一句什么话呢？求求你，快点儿告诉我吧，我也不是领导部门的，也不是报社记者。没别的意思，就是想知道一个颅脑外伤昏迷病人，突然醒来会是什么样子！”

黄莺儿下了一个大决心：“我告诉你，你千万不能告诉别人。”

柳子函对天盟誓：“绝不告诉别人！就是铡刀搁在脖子上也像刘胡兰一样宁死不屈。”

黄莺儿扑哧笑起来，说：“也没有那么严重。宁智桐醒来的第一句话是：‘我知道你叫黄莺儿。’”

柳子函听了大惊，说：“糟了糟了！”

黄莺儿不满道：“就算不是豪言壮语，也没那么可怕吧？”

柳子函说：“我是说咱们以前在他面前说过的那些话，他其实都听见了？要不，他如何知道你叫黄莺儿？”

黄莺儿说：“对呀！昏迷病人并不像我们想象的那样一无所知，他们知道很多事。”

柳子函用指甲掐着太阳穴拼命回忆：“天哪，他还知道什么？我好像没说过他什么坏话吧？”

黄莺儿说：“你不必那么紧张。他说你嘴挺直的。”

柳子函讶然：“你们已经亲密到偷偷议论我了？”

黄莺儿说：“什么偷偷！一个颅脑外伤刚刚苏醒的病人，想说什么，医生还不是都要老老实实地听着？他若受了刺激，再昏过去那麻烦就大了。”

宁智桐苏醒后，可以自主进食和翻身了，护理工作大幅度减轻。佟腊风网开一面，免了柳子函和黄莺儿的特护。两人去向宁智桐告别，正赶上宁智桐在小宋的帮助下，蹒跚练走。柳子函看到直立的宁智桐，吃了一惊。他比卧床的时候要显得高大了不少，朗俊如易水河畔的荆轲。

想来也是，一个人蜷缩在被褥中，极易颓废衰败，直立让人凛然威风。习惯中看到的宁智桐总是如煞白的蜡人，面无表情，此刻看到一个面带微笑的青年军人，恍如隔世。

“谢谢你们。”宁智桐说。他的脸上有一道手榴弹皮炸出的伤痕，把一张原本清俊的脸庞，恰到好处地添补上了刚毅。

“不必谢。你是英雄。我们不过做了应该做的。”黄莺儿说。

“什么英雄！怪我工作没有做到家，那个新兵太紧张了，如果我能把手榴弹丢得更远一些……”宁智桐下意识把手握紧，然后松开，重复这一动作。

“嘿！你们不要把谈话搞得像汇报工作。我们就要到别的科实习了，今天特地来和你道别。”柳子函大大咧咧插入。

“那我以后还可以看到你……们吗？”宁智桐面向黄莺儿说，话尾处瞟了一眼柳子函，算作兼顾。

“基本上没什么希望。”柳子函没心没肺抢先回答。

“除非我们特意来看你。按照惯例，我们从外科走了，就不会再回来。”黄莺儿低着头说。

宁智桐稍微思索了一下，说：“那主动权就掌握在你们手里了，我只有被动等待。”

于是穿蓝色条纹病号服的男军人和穿白大褂的女军人们，握手告别。

“故事到这里就完了吗？”游蓝达问。她们已经走到了下榻的宾馆，就要分手回各自房间休息。

“当然没有完。正确地说，才刚刚开始。”柳子函说。

“太好啦！我就是希望听到一个长长的故事。我现在已经闻到了一点儿爱情的味道，就像人们在靠近海的时候，会闻到鱼的腥气，估计以后可能会越来越浓郁。我有一个问题，那个时代，你们是不能谈恋爱的吗？”游蓝达问。

“是的。我说过很多遍了，战士是不能谈恋爱的。”柳子函回答。

“可是，你们已经是实习医生了，难道还不是干部吗？”游蓝达不解。

“我们当时是学员，这是一种奇怪的中间状态。已经在学习做医生了，干的也是医生的活儿，人们通常以为我们是干部。但是，我们还没有被任命，在这道手续没有完成之前，我们都还是战士。你明白了吗？”柳子函掰开了揉碎了解释。和一个对中国那个时代完全陌生的外国年轻人，要说明这段背景，真是件辛苦事。

“明白了。”游蓝达好不容易摊开双手表示理解。

第二天早上，她们到机场。下了出租车，游蓝达突然用手一指说：“我已经知道名字了。”

柳子函茫然：“谁的名字？”

“就是这些花儿啊。”游蓝达点着路边的花丛，说，“您曾经问过我的。它们叫‘琴叶樱’。叶子长得像口琴，由此得名。有个小名，叫作‘日日樱’，因为花期长，无论什么时候，都可以看到它开花。至于为什么叫樱，很简单，长相像樱花。怎么样，可以了吗？”

柳子函哭笑不得，说：“你还记得这个茬儿啊？我都忘了。”

游蓝达说：“回答您的一切问题，是我的工作。”

柳子函感动之余，打趣道：“如果我觉得你说得还不够详细，你会怎样呢？”

游蓝达说：“这很简单。我可以继续告诉您，这种琴叶樱是大戟科麻风树属的，原产于中南美洲和西印度群岛，如果把它的枝叶扯断，会有乳汁样的液体流出来。叶子是单叶互生，花是单性的，雌雄同株。果实成熟时呈黑褐色……怎么样，可以了吗？”

柳子函说：“游蓝达，你什么时候修炼成了植物学家？”说着，伸出手去扯琴叶樱的枝条，看是否真会有汁液流出。游蓝达手疾眼快地制止了她，说：“不可，柳医生。琴叶樱的汁液是有毒的，轻则引起水疱发炎，重则会引起眼睛红肿……”

柳子函赶紧缩回手，说：“你怎么知道得这么周全？”

游蓝达说：“我特地为您的问题查了《动植物学大词典》。”

“哦，你还查了什么？”

“我还知道了黄莺儿的意思。”

“黄莺儿是什么意思？”别看柳子函跟黄莺儿是好友，还真不知道这鸟的确切定义。

“黄莺儿也叫黄鹂、黄鸟，分布于温带到热带的广大地区。它通体金黄色，背部是翡翠绿色，从眼睛到脑后，有宽阔的黑色条纹。它眼睛的虹膜是血红色的，嘴是粉红色的，脚是铅蓝色的，两个翅膀的尖端是黑色的，叫声非常轻柔，好像最细腻的丝绸……”看来游蓝达真是下了一番查找的功夫，念念有词。

柳子函不知说什么好。在她心中，黄莺儿永远不是一种鸟，而是一个聪慧美丽的姑娘。

办完登机手续，两人安坐在机场橙黄色的塑料座椅上。游蓝达说：“您的问题，可以在词典里找到。我的问题，恐怕就找不到了。”她很希望柳子函反问，你到底有一个什么问题？那样她就可以谈谈对人生的疑惑。可惜，柳子函没问，忙着查看目的地的资料。

飞机晚点，两个人有一搭没一搭地说些风土人情的事。柳子函说：“谢谢你一路以来对我的照顾。”

游蓝达说：“我是在讨好您啊。”

柳子函说：“你现在是我的眼睛、我的嘴巴，当然最主要是我的耳朵，没有你，我几乎寸步难行，只有我讨好你的理由，怎么能颠倒过来？”

游蓝达说：“我想听你讲关于黄莺儿的故事。”

柳子函说："为什么？"

游蓝达说："我想更多地了解你们那个时代，还有那一代人。"

柳子函说："你不必讨好我，我也会给你讲。这些天，我不断地想起她，谁让你有一双和她那么相似的眼睫毛呢！我一边讲，你一边要注意听广播，咱们可别误了机。"

柳子函和黄莺儿转到其他科实习。实习的顺序其实大有讲究，先从内科开始，就比较合乎循序渐进的规则，谁都知道内科是基础嘛！因这一批实习生量大，无法一一照顾到，黄莺儿和柳子函先从外科开始实习，虽有点儿不合逻辑，但总比先从肛肠科或耳鼻喉科开始的要好些。

她俩接下来转到了妇产科。白发苍苍的男主任说："妇产科人命关天，而且是关乎两条人命。注意啦，人命至重，切不可马虎大意。妇产科是要借助很多医疗器械才能完成的科目，你们对此要专注以至迷恋。当然，还要有一颗澄澈的医心……"柳子函心不在焉地听着，心想：一个男人搞妇产科，不可思议。

回到宿舍，柳子函长吁短叹："倒霉的科。"

黄莺儿不解，说："这不是很好吗？我们也可以借机知道自己的身体。"

柳子函说："妇产科，名字多难听！马上让人想到和荷尔蒙有关的事，婆婆妈妈鸡零狗碎。而且，这和军人有什么关系？枪一响，炮火会让妇产科滚开！"

黄莺儿掩着嘴笑说："你不要光想着打仗好不好？医生主要是在和平时期工作的。"

柳子函说："可我们是军人！"

黄莺儿说："军人也是有老婆的。如果他们的老婆得了病，一样影响士气。再说啦，军人难道就不要孩子了吗？"

柳子函说："看来你是个当政委的料，专门给人解决思想问题。好了，黄政委，不用说那么多了，我会安心完成妇产科的工作，毕竟我还想毕业呢。"

就这样，两个人开始了妇产科的实习。柳子函口头上鄙薄妇产科，实践起来并不敢怠慢，起码比黄莺儿要敬业得多。妇产科看家的手艺是接生和人工流产，这两条恰好都充满了偶发性，没法预报工作量。特别是生孩子，谁知道什么时候有产妇来？来了多半就是急症，孩子马上就要见天日了，一缕漆黑的胎发倒挂在产门，助产士立马就要披挂上阵。实习医生须在待产室旁枕戈待旦，时刻准备戴上乳胶手套接生。火烧眉毛的时候，往往找不到黄莺儿的踪迹。

黄莺儿到宁智桐那里去了，柳子函只有义不容辞地顶上去。忙碌过后，柳子函看着那些经过自己的手，来到这个世界上的孩子们，像一只只肉粉色的小鼠。他们也用滴溜溜的黑眼珠，直视着柳子函，充满了好奇。有一些孩子生下来就是俏丽的、活泼的、狡谲的，有些则木讷和迟钝，还有的干脆就是迂腐。柳子函常常想——傻孩子，以后你们怎么在江湖上混呢？

两个月之后，妇产科实习结束，宁智桐也伤愈归队。黄莺儿面对着妇产科的记录，手托腮帮子愁眉苦脸，好像智齿发了炎。经她手接生的孩子和完成的人工流产数量都太少了。“怎么办呢？这样的记录交上去，分数会不及格的。”黄莺儿的蛾眉聚成蚕宝宝。

“哈！我就知道你会有这一天的。给我敬个军礼，感谢我吧！我可以把一些婴儿的接生记录送给你。说吧，你是要男孩儿还是女孩儿？各要多少？”柳子函慷慨解囊。

黄莺儿大喜过望：“你就看着给吧。男孩儿女孩儿都行。”

柳子函潇洒地把一沓病历单递给黄莺儿，说：“光听咱俩说话，肯定以为是拐卖孩子的人贩子。”

两人商量着把这事做得滴水不漏，在正式医疗文件里，仍丁是丁，卯是卯，修改的只是返回校方的统计数字。再下一个转战之场是小儿科。柳子函说：“天哪，什么时候才能脱离这些儿女情长的科！”

黄莺儿倒是很感兴趣，说：“孩子是祖国的花朵。”

在妇产科的时候，黄莺儿一心二用，业绩平平。

到了小儿科，不用探望宁智桐，她一头扎在业务中，很快就胜出柳子函一头。

儿科指导医生段伯慈，头顶秃得一根头发都没有，军帽都戴不稳，简直就像南极仙翁转世。其实他的年纪并没有那么大，他和佟腊风是夫妻。一天，段伯慈问柳子函：“你和黄莺儿是一个老师教出来的吗？”

柳子函老实回答：“是啊。”

段伯慈摇头：“看不出来。”

柳子函纳闷儿：“怎么啦？”

段伯慈说：“她业务很好，你就差多了。要努力啊！”

柳子函气得差点儿想在此人的光脑袋瓜上用紫药水打个“×”。通常在报废的医疗器械上，才会毫不留情地做这个标记。

段伯慈分给黄莺儿照管的病人蔡饼饼，病情重笃。男孩儿，五岁，肺炎引发败血症，生命垂危。大量抗生素劈头盖脸地输进去，细菌倒是暂时抑制住了，但又并发了严重的肠道霉菌感染。柳子函看到黄莺儿俯下身子趴在大便器上东闻西嗅，便说："黄莺儿，你干吗呢？好像要当女勾践。"

黄莺儿回答："我正在分析蔡饼饼的排泄物。"

柳子函说："有何发现？"

黄莺儿说："如果不赶快建立起蔡饼饼的肠道正常菌群，他就非常危险了。"

柳子函说："这个局面还用你说？段伯慈用上了最强力的抗霉菌药，破釜沉舟背水一战。如果再没有效果，你就该填写蓝色卡片了。"医院里的死亡证明是蓝色的。

黄莺儿沉痛地说："嗯，别那么冷漠无情。"

柳子函说："我们在学习一切医疗技术的同时，也要学会冷漠。不然的话，心会碎的。"

黄莺儿说："我不喜欢冷漠。我们还要再想想办法。"

柳子函说："你还有什么法子？"

黄莺儿说："我总在想，如果细菌来了，我们就抗菌，抗菌引起了副作用，霉菌就来了，我们又要抗霉菌……总是被这些小小的微生物牵着鼻子走，病人元气大伤，治标不治本。”

柳子函说：“难道你能比段伯慈还高明？”

黄莺儿说：“我当然没有段伯慈高明，但我天天守在蔡饼饼身旁，掌握第一手资料。难道不可以用另外的方法，建立起蔡饼饼的正常身体机制吗？邪不压正，蔡饼饼就有救了。”

话刚说到这里，从一旁冲出来一个面黄肌瘦形容枯槁的女人，仿佛披头散发的厉鬼，一把揪住黄莺儿，说：“黄医生，这么多人里，只有你一个人说我们饼饼还有救。你一定要救救我的孩子。”说着膝盖就要折成直角，打算跪下。

这是蔡饼饼的母亲，她的鼻涕和眼泪抹在黄莺儿的白色工作服上，留下一条条亮闪闪的痕迹，好像同时有几只肥大的蜗牛爬过。

黄莺儿赶紧扶住蔡饼饼的妈，说：“如果你跪下，我也跪下。咱们就跪着说话。”

蔡饼饼的母亲这才放弃下跪的打算，重新像幽灵一样躲在暗处，倾听着观察着医生们的一言一行。

柳子函附在黄莺儿耳边说：“引火烧身啊。如果你救不活蔡饼饼，她一定会跟你拼命。”

黄莺儿说：“顾不了那么多。你说说，我们还有什么法子能救蔡饼饼吗？”

柳子函说：“我不知道。现在是药石罔效，华佗再世估计也没用。”

黄莺儿若有所思道：“你说得很对，药石罔效。蔡饼饼的肚子里，现在除了抗生素就是抗霉菌素，没有任何正常的成分了，没有一粒米，也没有大肠杆菌。如果我们把粮食和大肠杆菌一块儿输进去，你觉得会怎样？”

柳子函说：“想象不出来。也许他会更快地死，也许他会活。”

黄莺儿说：“你这么一说，我想出了一个法子……”

柳子函吓了一跳，说：“若是人死了可跟我没关系，都是你自己想出来的。”

黄莺儿就把自己的主意和段伯慈说了。段伯慈听了未动声色，许久后说：“我是你的指导老师，但是你有自己行动的权利。在我不知道的情形下，你做了也就做了。”

黄莺儿心领神会，叫上柳子函当帮手，开始了她的治疗方案。黄莺儿先让柳子函把自己的胃液抽出来，这是很痛苦的事情，胶皮胃管十分粗大，下胃管的过程像是刑罚。鼻子外耷拉着胃管的黄莺儿有点儿像一只小象，她齉着鼻子对柳子函说：“抽！”

柳子函就拉动注射器，把黄莺儿的胃液抽出来。黏稠透明，带着血丝。柳子函说：“可真恶心，想不到你美丽的身体里藏着这样臭烘烘的东西。”

黄莺儿说：“你肚子里也好不到哪里去。不过这东西对蔡饼饼来说，也许就是灵芝草。”

黄莺儿一天三次忍受这种刑罚，把自己的新鲜胃液和营养物质混合在一起，再注入蔡饼饼体内。这只是治疗方案的一部分，另一部分是黄莺儿把自己的肠液抽出来，用灌肠的方法补入蔡饼饼的肠腔……

机场的喇叭开始反复播放一则通知，人们都竖起耳朵听，很关注的样子。

柳子函问游蓝达：“出了什么事？”

游蓝达说："我们将要抵达的地区气候恶劣，多数航班都取消了，预计只有傍晚时分能起飞一架飞机。这样，买到票的乘客无法全部搭乘飞机到达目的地。"

柳子函明白了："也就是说咱们很可能要住在这里？"

游蓝达说："我们现在面临一个机会。飞机座位有限，如果谁放弃今天登机改为明天早上飞，就可以得到一百Y元的补偿。您觉得我们是否需要改变行程？"

柳子函心中默算——一百Y元折合成人民币，不是个小数目，给人方便于己方便，并无什么损失，就说："咱们明早走如何？只是，今天住在哪里？"

游蓝达说："机场方面会有很好的食宿安排。"

柳子函说："如果明天天气还不好，头班机会不会有误？"

游蓝达说："估计不会。Y国的气象预报是很准的，既然今天夜里可以飞了，明天早上应该无大问题。"

柳子函征询道："也就是说，如果我们把这个机会出让，发扬一下风格，自己可以多一些收入，对工作也无影响。怎么样，我们是不是当一次外国雷锋？"

游蓝达淡然道："我服从您的安排。如果您这样决定了，我就去安排改签机票事宜。"

柳子函说："好，那就这样决定了。"

游蓝达站起身来，走向服务台。片刻之后，她回来了。

柳子函问："这么快？"

游蓝达说："对不起，我还没有办理手续。"

柳子函不解，问道："很麻烦吗？"

游蓝达没有回答这个问题，另问："柳医生，您觉得我们关系如何？"

柳子函不知道改签机票和彼此间的关系有何联系，回答："不错。"

游蓝达说："我觉得我和您有三重关系，也许是四重。"

柳子函吓了一跳，心想异国他乡的怎么就有了这么复杂的关系，百思不得其解地说：“好像……还挺亲密。”

游蓝达兀自说下去：“第一重关系，您是客人，我是您的陪同兼翻译。第二重关系，我的祖上是中国人。第三重关系，我正在判断中。第四重关系，Y 国的慈善机构安排我考察您。”

前三重关系暂且顾不得细琢磨，柳子函着实被这第四重关系吓了一跳，说：“我有什么可考察的？”

游蓝达说：“Y 国是当年攻打中国的八国联军中的一国，早就对中国情有独钟。您来考察 Y 国，他们当然也要考察您。这可能会涉及今后对中国的慈善援助款额，还有对中国人员素质的评价，等等。”

柳子函抱紧双肩：“这么说，你还担当着间谍的任务？”

游蓝达说：“倒没有那么耸人听闻。虽然您的丈夫是较高等级的公务人员，不过您并不掌握什么绝密的情报。只是您此行在 Y 国的表现所造成的影响，比您想象的要大。”

柳子函边思忖边说：“你的意思是，我如果改签了飞机票，就会给人留下中国人贪财的印象？如果万一因此影响了明天的既定安排，就失态失策？”

游蓝达说：“对不起，我什么都没说。这些都是您自己说的，我只是您的陪同，服从您的安排。”

柳子函恢复了镇定，说：“那好，我们按原定计划出发。”

这是一架小飞机，降落到预定地点的时候，已是半夜时分。行李被飞机上的空乘放在停机坪上，连机场传送带都没启用，就被大家拎走了。柳子函四顾茫然，说：“咱们到哪里去？”

游蓝达说：“您跟着我。”

柳子函说：“你来过？”

游蓝达说：“没有。”

柳子函说：“那咱俩还不是一样两眼一抹黑？”

游蓝达说：“咱俩不一样。”说着，她找到机场工作人员，叽里咕噜地说了一通，人家递给她一个信封。游蓝达当着柳子函的面拆开了信封，里面没有信件，只有一把钥匙和一张写着数字的小字条。游蓝达说：“请跟我来。”

行李箱在不甚光滑的鹅卵石路面上发出吱扭吱扭的响声。来到了停车场，游蓝达捏动手中的钥匙，不远处有一辆红色的雪佛兰应声鸣响。游蓝达自语道："就是它了，咱们上车吧。"

柳子函觉得有点儿不可思议，说："谁的车？"

游蓝达说："咱们的。"

柳子函说："凭什么呀？"

游蓝达说："补充说明，暂时是咱们的。这是Y国慈善总部为我们预租下的车。"

柳子函说："谁是司机？"

游蓝达说："我啊。现在，咱俩有了第五重关系——司机和乘客。"

汽车在漆黑的乡间小道上行进，到了一处乡村旅馆。雪白的小屋在黑暗中，像一只洁净的螺蛳。只是，所有的房间都黑着灯。柳子函说："不知道服务员在哪里值班？"

游蓝达轻笑起来，说："这么小的旅馆，哪有什么服务员？人家早就回家睡觉去了。"

柳子函大惊，说："难道咱们要在门口等一

夜吗？”

游蓝达说：“那倒不必。”说着，她走到旅馆门边悬挂的钢制小箱子前，噼噼啪啪地按了一番密码，箱门就神奇地打开了，里面有预订好房间的钥匙牌。

柳子函觉得有点儿像阿里巴巴的神秘山洞，她瞠目结舌地问：“你怎么知道的？”

游蓝达说：“我们在机场取到的那个信封里，就装着这个旅馆保密箱的密码。一切都环环相扣。”

柳子函这才醒悟，Y国的安排板上钉钉滴水不漏，若不是游蓝达的提醒，自己将陷入多么尴尬的处境。入住之后，她们非常疲惫，一觉安睡到天明。早起看到叶子绿得可疑，才知夜里下了雨，雨后的清晨格外惬意。早餐之后，游蓝达开车，她们抵达一处残障儿童的学校。

孩子们十分活泼，尤其是他们上课的桌子，居然乱七八糟放在地当间，仿佛路障。老师在课桌的间隙中拐来扭去授业解惑，让柳子函十分诧异。她把疑虑提出，满脸大胡子长相酷似马克思的犹太籍老师对孩子们说："谁来回答这位远方客人的问题？"

一个侏儒回答说："我们的课桌和普通学生不同，这让我感到自己是与众不同的。"

一个男孩儿挥舞着断了半只的胳膊说："这并不乱七八糟，这是另外的一种秩序。上课应该是思想很放松的，如果太整齐了，会影响我的思维。"

一个听力严重受损的女孩子说："我不愿意上聋哑学校，那样会让我依靠手语，听力更为下降。在这间教室里，我可以跟随老师走来走去，最大限度地听到他的声音。"

面对着这样的回答，只能叹为观止。柳子函心想：就冲这不拘一格摆放桌椅的方法，便大开眼界不虚此行。

傍晚，两个人在乡村旅馆的小花园中闲散地坐着，喝着不加糖的清咖啡。柳子函说："谢谢你。"

游蓝达说："我知道您谢我什么。其实，不必。咱们公平交换，我对您另有所图。"

柳子函说："我有什么值得你所图的？是想让我

多送你点儿中国的小礼品吗？”柳子函出国的时候，带了一些诸如真丝头巾、景泰蓝摆件之类的特色礼物，见了老人和孩子们，就会送出一份，略表心意。每次游蓝达都会惊呼：“太漂亮了！”显出少见多怪的样子。

柳子函说：“我给你预备了一份礼物，到分手的时候，我再送给你。保证比你见过的那些都好。”

游蓝达深深地呷了一口咖啡说：“谢谢。不过请不要误会，我每次赞叹礼物，其实是一种礼貌和烘托气氛，并非真到了爱不释手的地步。要说送礼物，不必等到分手，您现在就可以送我一件珍贵礼物。”

柳子函下意识地摸摸自己的衣服下摆，这是一件镂空的披肩式风衣，根本就没有兜。她说：“什么礼物？此刻我一无所有啊。”

游蓝达说：“您的记忆就是礼物。您和黄莺儿的故事。”

柳子函说：“好吧。如果黄莺儿有知，这两天她的耳朵会不停地发热。”

蔡饼饼的胃里灌进了黄莺儿的胃液，蔡饼饼的肠腔里灌进了黄莺儿的肠液，现在，蔡饼饼就是黄莺儿的小小复制品了。黄莺儿日夜守护在蔡饼饼床前，简直比蔡饼饼的妈妈还要尽职尽责。黄莺儿还一反常规，让蔡饼饼的妈妈进入抢救室，每日叫魂似的呼唤蔡饼饼。

柳子函对黄莺儿说："求求你，别让蔡饼饼的妈妈一会儿哭一会儿笑地老和蔡饼饼说话，听着瘆人，干扰治疗。"

黄莺儿正色道："我觉得这是对蔡饼饼最好的治疗。"

柳子函只好不再说什么了，谁都知道这是死马当活马医，诸事听天由命。

在黄莺儿的倾心治疗之下，蔡饼饼居然一天天好起来。给小孩儿看病就是有这样的益处，什么都是加速度。如果你治错了，死得快。如果你治对了，好得也快。一周之后，蔡饼饼的体温渐渐降了下来，大便也不再是可怕的白色蛛丝状，像稀薄的棒糙子粥，显得趋向正常的淡黄色。

蔡饼饼奇迹般地从死亡线上挣扎回来，美丽的实习医生黄莺儿获得了巨大的声誉，她走到哪里，都会被人称赞，说："看那个最漂亮的女医生，业务尖子！"

柳子函和黄莺儿并肩去食堂吃饭。饭盒是校方统配的，外表一模一样，只是具体的编号不同。柳子函轻巧地抓起饭盒，黄莺儿的饭盒却差点儿失手掉到地上。它出乎意料地沉，打开一看，塞得满满当当，全是灿烂的炸糕。

医院食堂是大锅饭，菜一人一份，主食管够。本是早来晚到都一样，吃饱为止，但改善伙食后的那一顿饭不在此列。中午吃包子，皆大欢喜，大家蜂拥而上，有的人用筷子穿起一串包子，高举眼前，一边走一边舔筷子根上的油，幸福啊。炊事班蒸出好多屉，大伙儿尽情吃。正因为要满足供应，就会有富余。晚饭时炊事班便把剩包子热透了，端出来供大家再享用。剩包子数量有限，先到先得，这就给少数好吃懒做者留下可乘之机。他们会在改善伙食的下一顿，提前下班，早早潜入食堂，笼屉一抬出来就群起攻之，把改善伙食从一顿变成了两顿。

今天中午是炸糕，晚上有人捷足先登，把黄莺儿的饭盒装得金光烁烁。

“这是谁干的？”黄莺儿托着饭盒四处张望。

柳子函说：“甭管是谁，你吃就是了。他一定在暗处瞄着你。”

黄莺儿说：“我也不认识他，用不着他给我打饭。”

柳子函说：“想那么多干啥？炸糕已经打到你的饭盒里，也不能退回去，你只有把它吃了，才对得起粮食。”

黄莺儿说：“那咱俩一块儿吃。”

柳子函说：“我不吃。人家也不是给我打的，吃了会有占小便宜的感觉。”

黄莺儿说：“既然炸糕到了我的饭盒里，就成了我的财产，我请你吃，你也不吃吗？”

柳子函说：“你的东西，当然要吃了。”说着，夹起一个冒油的炸糕，塞到嘴巴里，豆馅从嘴角滋出来，像一粒椭圆的石榴籽儿。

柳子函的饭盒和黄莺儿的饭盒并排站在一起，似孪生姐妹。医院里经常充斥着关于改善伙食的小道消息，多半都有诈。等到下一次消息落实，大快朵颐后的次顿，柳子函到得早，惊喜地发现自己的饭盒盛满了面条，而黄莺儿的饭盒却是空的。

扬眉吐气啊！可惜黄莺儿加班不在身边，柳子函有锦衣夜行之感。

按说面条不能算什么好东西，但北方兵多，嗜好面食，加之没有电动压面机，面条都是手动压出来的，因此就具备了某种稀缺性。其实剩面条被汤泡得肝肠寸断，毫无筋骨可言，并不美味。看来神秘的送饭者，是个一厢情愿的北方佬。

虽说平时都是有福同享，有难同当，但这一次，盒中食材实在乏善可陈，柳子函就独吞了。当最后一口糟面条咽下肚时，刚写完蔡饼饼病程记录的黄莺儿赶来了。为了陪好友，柳子函又盛了一碗酱油汤灌下，撑得如同溺水，两眼翻白。

饭后两人前后脚往回走。年轻的程司药等在路边，在夜色中欢快地打着招呼：“你好！”

柳子函说："你好。"黄莺儿没搭腔，美丽的女孩儿面对外人，多半是爱搭不理的。

程司药说："炸糕好吃吗？"

柳子函对精干的程司药很有好感，迫不及待地说："好吃。"哈！原来他就是神秘的打饭者。不想程司药还是满脸期待地看着她们，原来他根本就没注意柳子函的回答，一直盯着黄莺儿。

柳子函推着黄莺儿说："人家问你呢！快回答啊。"

黄莺儿敷衍说："还行。"

"那面条呢？"程司药的热情不受打击，屡败屡战。

"什么面条？"黄莺儿不明白，眨着好看的毛眼睛。

"面条很好吃的。"柳子函抢着回答。

"我又没问你。"程司药不耐烦了，滋生起被干扰的急躁。

黄莺儿摸不着头脑，说："我没看见什么面条啊。"

程司药说："我明明在你的饭盒里打满了面条，还跟炊事班要了一勺老陈醋，也全都倒给你了。"说着直咂嘴，看来醋是货真价实的酸。

柳子函叫起来，说："怪不得味儿那么怪呢，我还以为馊了。"

程司药万般恼火，愤然道："原来是你给吃了！"

柳子函绝地反击："本来就盛在我饭盒里，我不吃，狗吃啊？"

黄莺儿明白了怎么回事，赶紧打圆场，说："程司药，你的好心我领了，就算我吃了，谢谢你了。"

程司药意犹未尽，图谋卷土重来，问道："你俩的饭盒到底有什么区别啊？"

黄莺儿说："没区别。以后你愿意帮我们打饭，就请打双份儿。如果不愿意，就一份儿也不用打了。"说完，拉起柳子函就走。

蔡饼饼被抢救过来了，皆大欢喜。某天，黄莺儿拿来一颗婴儿拳头大小的麦黄杏，递给柳子函说："吃吧。总共只有一小篮，都分给儿科的孩子了，这一颗是特地留给你的。"

柳子函一口咬开杏，甜度超过高渗葡萄糖。她咂着嘴说：“又是哪个男的送给你的？”

黄莺儿说：“不是男的是女的。蔡饼饼妈妈送来的，她家只有一棵老杏树，这是今年最先结的果。”柳子函吃完了杏子还不甘心，把杏核砸了吃，却是极苦。

在以后转战各科的实习中，黄莺儿越战越勇。柳子函抚着胸口仰天长叹：“既生儿，何生子！”

黄莺儿一边梳着长长的发辫，一边说：“儿……子？什么意思？你不是最烦妇产科吗？”

柳子函说：“这和妇产科没一点儿关系，我是借古讽今。”

黄莺儿说：“到底什么意思？不懂。还请指教。”

柳子函说：“儿就是你，子就是我。既然有了你黄莺儿，又何必再有我柳子函呢？现在可倒好，不但在业务上我要甘拜下风，就是在吃饭上，也饱受摧残。”

黄莺儿笑起来，说：“你看上程司药了？”

柳子函说：“我倒是没有看上这个小人，只是没人帮着打饭了，凄凉啊。”

黄莺儿笑起来，说：“明天刚好星期天，咱们到外面兜兜风吧。你也好尽快从失恋中爬起来。”

柳子函说：“呸！我根本就没恋，哪里谈得到失？兜风是个好主意，只是附近这些个景点，咱们都逛完了。远处，没有车，也去不了。”

黄莺儿说：“可以到公路边搭车啊。招招手，也许就有好心人，愿意拉咱们一程。听说附近的妃子墓鲜花盛开，景色美极了。”

柳子函说：“妃子墓倒是个郊游的好地方，可足有五十公里路。咱们哪有那么好的福气，就能搭上顺路的车？”

黄莺儿笑笑说：“试试运气嘛！”

周末晚上医院放电影。电影不错，假如你是第一次看。如果你已经看过二十三遍，再好的骨头也咂摸不出一滴油了。然而，除了值班人员，军人是不能自由活动的，必须扛着背包到大操场看电影，背包就是小板凳。

黄莺儿和柳子函坐在队伍里，满面愁云。柳子函说："你估计咱们科哪个病号快死了？"

黄莺儿说："小声点儿！乌鸦嘴！干吗要咒病人死？"

柳子函说："咱们是彻底的唯物主义者，病人是咒不死的，咒一咒，十年旺。我只是想如果哪个病人要死了，大喇叭就会呼人回去抢救，咱们就能脱离苦海了。我情愿为病人做口对口人工呼吸，把病人的浓痰吸出来，也不愿再第二十四遍看同一部电影。主角上句说完了，几千个人异口同声地接下茬，太无聊了。"

黄莺儿小声说："我也是。等着吧。"

等什么呢？谁也不知道。苍天保佑，这一晚所有的病人都相安无事，得享天年，让两个小女兵准备趁乱溜走的如意算盘落了空。胶片质量不好，经常断片。当放映员第四次手忙脚乱地接片子的时候，实在忍受不了银幕上的老生常谈，黄莺儿果断地说："咱们走！"说着拉起了背包。

"到哪儿去？"柳子函不明就里。

"到哪儿都比再坐在这儿好受。你跟着我走就是了。”黄莺儿低声嘱咐。

柳子函紧随其后站起身来。她以为黄莺儿会哈着腰，鬼鬼祟祟地离场，不想黄莺儿挺直腰杆大摇大摆，张扬地走出去，银幕上留下了一个晃动的大头影。

两人走出众人视线，先回到科里，把背包放下。柳子函摸着胸口说：“我的天！黄莺儿，你也太大胆了！几乎所有的人都看到咱们雄赳赳气昂昂地离了场。”

黄莺儿说：“这就对了。你越是大大方方，越没有人怀疑你。也许以为咱们接到了特殊任务紧急出发。这叫欲盖弥彰，兵法里有的，我听首长讲过。”

柳子函随着黄莺儿沿医院的外墙溜达，黄莺儿说：“你觉得宁智桐这个人怎么样？”

柳子函说：“应该恢复得还不错，肢体不会留下终身残疾，好像也不会变傻。”

黄莺儿扑哧笑了，说：“他当然不傻了。临危不惧舍身救人，是个英雄呢。”

柳子函说：“听你这口气，有点儿像中央军委的嘉奖令。”

黄莺儿欢快地说："嘿，前面到黄瓜地了。"

果然，空气中有浓郁的清香飘来，瓜果的味道就像毛贼，总是在夜晚格外活跃，枝叶婆娑显出深不可测的神秘。黄莺儿说："你想不想吃黄瓜？"

当兵的一日三顿都吃大灶，口中寡淡。柳子函说："废话！还用问？当然想吃了。"

黄莺儿说："那咱们就到地里摘几根黄瓜解解馋。正好明天到郊外野游，还可当水果。"

柳子函有些迟疑："不合适吧？当兵的不拿群众一针一线。"

黄莺儿说："这些黄瓜不是群众的，是特务连的。都穿国防绿，一家人。"

柳子函想想也是，如果特务连的兵伤了病了，她们当然会义不容辞地急救。生死事大，几根黄瓜算什么！就说："怎么摘呢？"

黄莺儿悄声笑起来，说："真笨！你连黄瓜也不会摘？当然是挑好的用手一拧就下来了。"

两个人说着钻进了黄瓜地。夜半时分，黄瓜地里有很多不知名的小虫嘀嘀咕咕，黄瓜叶子尖锐的边缘好像刀锋，刮过年轻女兵赤裸的双臂，留下一条条若隐若现的红色丝痕。黄瓜藤扬起的浮土让人鼻孔发痒，只想打喷嚏。

“我怎么找不到黄瓜啊？”柳子函双手拨拉着层峦叠嶂的叶子，内心焦虑，主要是害怕。说真的，从小到大，她没有干过这种偷鸡摸狗的事，对黄莺儿的说辞也不甚认同。想想看，如果说只要是军队都是一家人，那她从小儿在部队大院长大，岂不是所有的东西都可以乱拿一气？显然，道理不是这样的。

“要到黄瓜叶子下面去找，不能光在表面东捋一把，西抓一把。”黄莺儿已经走远，夜风送来她的低声叮咛。

柳子函照此办理，果然大见成效，很快便有斩获。她在一丛肥大的黄瓜叶下面，摸到一根极壮硕的黄瓜，赶紧拧下。正高兴得忘乎所以，突然听到一声断喝：“干什么的！出来！”紧接着，听到了清脆的金属铿锵声，那是枪栓撞击子弹上膛的声响。

“你们为什么还不回去休息！这里的夜风是钉

子，能扎到骨头里。也许，我不该干涉你们的自由，但是，我把每一个投宿到这里的人，都看成是我的孩子。如果是我的孩子，我就会对他们这样说话的。所以，我也会对你们说。请你们回到自己的房间里吧，应该休息了。晚安。”

柳子函和游蓝达吃惊地抬起头来，看着说这番话的老媪。她佝偻的身躯披着巨大的围巾，毛茸茸的线头使得她身上所有的曲线散失殆尽，成为一个干枯的稻草秸形状。她是这所家庭旅馆的东家，白天一整天没看到她，夜幕深沉时她才像老蝙蝠一样飞出来。

游蓝达耸耸肩，说：“走吧。虽然我很想听到下面的故事，但在这个国度里，到处生活着这样一批老古董，他们把所有的人都看成是酋长的子孙，而他们是酋长。我们只有离开，否则她会在阴暗的地方一直盯着你，眼睛冒出磷火。柳医生，明天见。”

柳子函意犹未尽，怔怔地看着天。这里的夜晚很黑，但是没有那一天的夜晚黑。夜晚和黑，也是有浓度和分量的，也是有籍贯和历史的。那一夜，不可复制。

霸道的房东可以打断柳子函的叙述，却无法中断柳子函的回忆。她躺在柔软的床上，目光炯炯地盯着画有古老宫廷壁画图案的天花板，浮想联翩。

……透过枫叶状的黄瓜叶，柳子函看到不远处有荷枪实弹的哨兵向这边游走过来。她一下子吓傻了，觉得这好像是电影里的镜头，一个恶劣的游戏。她几乎想站起来，摆着手对哨兵说："自己人，别误会！"

按说黄瓜是不应该被这样如临大敌地保卫着，只因战备如火如荼，仿佛每个角落都潜伏着苏修或是国民党的特务，处处壁垒森严，神经紧绷如钢丝。正当柳子函破釜沉舟预备举着双手站起来的时刻，黄莺儿在不远处发出了非常清晰的指令："快跑！分开跑！"

说罢，黄莺儿唰唰唰分开瓜秧，灵猫一样弓着身子向远方遁去。哨兵稍一愣怔，就随着黄莺儿的方向追赶，这就给了柳子函一个绝好的逃跑时机。

尽管她没有黄莺儿那般敏捷，但哨兵已被引开，她得以从容脱逃。柳子函先回到和黄莺儿合住的学员宿舍，惊魂未定地久久等待，黄莺儿却迟迟不归。柳子函焦灼万分，生怕黄莺儿被人捉去。她现在是标兵模范，如果因为几根黄瓜，毁了名声，实是因小失大。她祈祷黄莺儿在逃跑中，最起码把黄瓜统统扔掉。这样就算被俘获，也不能说“人赃俱获”，避重就轻狡辩一番，或可逃过一劫。

几乎到了下半夜，黄莺儿才回到宿舍。满身都是浮土，裤脚衣袖沾着黄瓜须子和绿色汁液。幸好军装也是绿的，混沌一片看不大出来。

两个人像战友敌后重逢，紧紧地抱在一起，过了一会儿，才气喘吁吁地分开。柳子函说：“你怎么这么久才回来？吓死我了！”

黄莺儿说：“我要把尾巴甩掉。在我不能确认哨兵是不是跟踪我之前，我不能回来。不然他顺藤摸瓜，咱们岂不就暴露了？”

柳子函咂舌，自己就完全没想到这一招儿。

黄莺儿说：“可惜我刚才只顾逃跑，把摘到

手的黄瓜都扔了，不知你带回点儿战利品了没？”

柳子函这才记起她们此次行动的出发点，忙说：“我还带着呢！”

黄莺儿大喜，说：“在哪儿？让我看看！”

危急时分，柳子函一心逃命，把先前的果实都扔了，只有最后摸到的那根大黄瓜，一直下意识地死攥着，好像一颗保命的手榴弹。经黄莺儿一提醒，赶紧把那根黄瓜拿过来，这可是她们赴汤蹈火得到的唯一战利品。

黄莺儿一看，笑得直不起腰，说：“这可真是黄瓜啊！”

此瓜心宽体胖，好像孕妇膨隆着肚子。柳子函摸摸黄瓜中段，像藏着胎生的小黄瓜，囊囊软软。最令人诧异的是它的颜色，完全是金黄色的，灿若盛开的葵花。

柳子函疑惑，说：“这是黄瓜吗？”

黄莺儿嘻嘻笑着说：“这当然是黄瓜。黄瓜黄瓜，本来就是黄的嘛！”

柳子函摇头说：“不对啊。咱们平常吃的黄瓜都是绿的。”

黄莺儿说：“要不说你是城里娃呢，我在农村长大，知道底细。黄瓜长老了，就是黄的。这是要留种的瓜，肚子里都是瓜子呢！”

柳子函惋惜地说：“现在怎么办呢？”

黄莺儿说：“现在就没法子了。当菜吃，它太老了。留种子，它又太嫩了。只有扔掉。”

柳子函说：“那我把它挂在墙上，留个纪念。”

黄莺儿说：“不成。要是谁看到了，咱们就原形毕露了。”

两人说笑着，开始洗漱。黄莺儿洗得格外认真，长长的头发披散着，仿佛仙女。

柳子函说：“我要你一根头发。”

黄莺儿说：“要哪一根呢？”

柳子函说：“就要最长的那一根吧。”

黄莺儿就把长长的头发垂在胸前，比来比去，最后挑了一根，揪下来。柳子函把它打了个结儿，夹到《实用外科学》里，做了书签。

少女的生命其实是很容易美丽的，只要一点点滋润。更不要说原本就美丽的人，那就只剩下变成仙女一条路了。

第二天早上，黄莺儿换上新军装，清俊逼人。两人走出房门，外面紧张肃然，空气中弥漫着不祥的气味。看到执勤的哨兵，黄莺儿问：“出了什么事？好像紧急战备！”

哨兵的感冒曾是黄莺儿治好的，他低声说：“保密。搜查呢。”

黄莺儿不解：“查什么？”

哨兵说：“昨天晚上，有一对狗男女趁着放电影大家都不在家的时间，躲在黄瓜地里偷情，被警卫发现了，一通追赶。不想那乱搞的男女就朝咱们这个方向跑来，躲得不见了。今天要继续追查呢！”

黄莺儿正正军帽义愤填膺地说：“原来是这样！革命军队出现这样的事，坏我军威，太不像话了！一定要把他们揪出来。”

柳子函松了一口气说：“我还以为是投了原子弹呢，一级战备，咱们今天不能去郊游了。幸好还可按原计划行动。这伤风败俗丢人现眼的事也不知是谁干的！”

两人告别了哨兵，请了假，出了部队医院的大门。黄莺儿捂嘴笑着说：“你刚才装得还挺像。”

柳子函纳闷儿，说：“我装什么了？我没装啊！”

黄莺儿说：“哨兵说的人是谁？”

柳子函说：“不知道。也许咱们回来的时候他们就找到嫌疑犯了。”

黄莺儿说：“那伤风败俗的人就是咱俩啊。”

柳子函这才醒过神儿来，吐着舌头说：“天哪，原来竟是你我惹的祸！”

两人说着，已经走到了公路边。乡民们骑着小毛驴，两条长腿敲打着毛驴的肚子，头顶悬着篮子，篮子里装着无花果和杏干，兴高采烈地去赶集，尘沙飞扬，人声鼎沸。柳子函说：“这条路的尽头就是妃子墓。如果搭不到便车，咱俩就得骑着毛驴去见她老人家。”

黄莺儿说：“不要说泄气话！时间还早，才刚刚开始等待。”说着手搭凉棚向远处张望。

两个像豌豆一样饱满和青嫩的女兵，在夏季的早晨，站在路边翘首以待。风吹过她们丝绸一样平滑的脸庞,军帽边不安稳的发丝若有若无地飘荡着。一辆军用卡车在她们身边停了下来,司机摇下车窗，说：“我看病的时候见过你们，你们是驻军医院的医生。你们要到哪里去？”

黄莺儿谨慎地看着停在身边的卡车，不言语。柳子函欢蹦乱跳地说：“我们要到妃子墓去。”

“正好。我也朝那个方向走，稍微绕一下就把你们送到了。医生们，上车吧！正好我的副手今天没跟车，你俩可以坐在驾驶楼子里。就算他在，我也要把他轰到大厢板上，哪能让咱们的女医生吃土挨呛啊。好了，请上来吧。”司机大敞车门。

柳子函乐开了花。心想：本是毫无把握地守株待兔，不料如此好运，天下掉下来辆顺路车，还有座位，真是太有福气了。她抬腿就往驾驶楼子钻，不想被黄莺儿一手拦下。黄莺儿转脸对司机说：“谢谢你。可是，我们不坐你的车。”

司机和柳子函都愣住了。为什么？黄莺儿说：“你本不顺路，特地为送我们而拐道，我们心里不落忍。”

司机说：“就为这个啊？小菜一碟！不过就是一脚油的事，不必挂在心上。要真是不落忍，下回我看病的时候，不要总开磺胺消炎，开点儿好药，土霉素四环素什么的。”

柳子函生怕过了这个村没了这个店，赶快说：“黄莺儿，你就不要啰唆了，快上车吧！”

黄莺儿毫无商榷地坚持：“不，我们不坐你的车。”

司机火了，说：“你们怕我是坏人？喏，这是我的军人通行证，看吧，我也是革命军人，保家卫国，军龄比你们还长呢！你不坐我的车这没什么，但要说出个所以然来，不然就是瞧不起我！”

得！现在不仅仅是坐不坐车的问题，已经上升到尊严高度了。两人僵持着，柳子函也不知该帮谁，一筹莫展。狭窄的公路被汽车阻滞，毛驴们欢聚在一起，打着响鼻快乐地仰天长啸，把老乡头顶篮子里的石榴都颠出来，砸到尘埃中，溅起一缕缕黄烟。

正不可开交之时，一辆苏制吉普风驰电掣而来，猛一急刹车，尘沙卷地而去。车门开了，一个骁勇的军人跳下车来。柳子函定睛一看，如遇天兵天将，大叫一声：“宁连长！”

来人正是宁智桐。他走过来，问：“怎么啦？出了什么事？”

卡车司机可能是个排职干部，看到宁智桐气宇轩昂来头不一般，就比较客气，敬了个礼说：“我要拉这两位女兵到妃子墓去，她们又说不去了，正在商量。”

宁智桐说：“那边道路不好走，你一辆大车，拉的又是战备物资，赶任务要紧。这样吧，我送这两位女医生到妃子墓去，你就放心好了。”

排长司机有了台阶可下，关上车门，一踩油门，走了。

柳子函打了宁智桐一拳说：“宁连长，真没想到碰上你，替我们解了围。”

黄莺儿问：“你身体恢复得怎么样了？”

宁智桐说：“我是钢铁战士。现在请两位医生检查一下，是不是痊愈了？”

黄莺儿说：“检查也不能在大马路上啊。咱们快上车吧，一边走一边说。”

车上只有宁智桐一个人，柳子函本想和黄莺儿一道坐在后排座上，黄莺儿却不由分说落座在副驾驶位置上。柳子函看到她用左手轻轻地撞了一下宁智桐的右手，两人小指头互相一碰，迅速地跳开了，好像两只受惊的鸽子互相啄了一口。手指分开之后又马上黏结，周而复始，不厌其烦。黄莺儿从军装口袋里掏出一根顶花带刺的小黄瓜，撩起额前的绒发，悄声说：“给。”

宁智桐歪头一乐，说：“好东西啊。你哪里来的？”

黄莺儿说：“偷的。”

宁智桐说：“你还会偷东西啊？”

黄莺儿嫣然一笑道：“是我和柳子函一起偷的。”

柳子函这才猛然省悟——今天的出游整个是一场预谋。她悻悻地说：“别扯上我，你是主谋。”心中纳闷儿，黄莺儿把这根黄瓜藏在哪里了呢？

宁智桐一边旋着方向盘，避开搓板路上的土棱，让车尽量平稳，一边把头偏向右侧，说："你怎么知道我爱吃黄瓜？好像没跟你说过。"

黄莺儿说："还是你昏迷的时候，有一次喂你黄瓜汁，你喝得特香甜，就记住了。"

确认了黄莺儿和宁智桐相恋，让柳子函有点儿气馁，觉得自己不单迟钝，而且被当成了挡箭牌。又一想，如果没有自己做伴，黄莺儿就是再大的胆子，再周密的计策，也不敢公然出行。也许世上的友谊万万千，装傻就是其中最简单高贵的一种。

想明白这一点，这一天的游玩就很有特色。柳子函躲得远远的，在妃子墓就像个考古学家，把每个角落都查看仔细。以至于管理妃子墓的老头儿，捻着山羊胡子走过来问："姑娘，你姓什么？"

柳子函翻着白眼说："参观还管姓什么呀？"

老人说："我看你溜达好多圈儿了，是不是和这家妃子沾亲带故，是她的后人？"

柳子函说："妃子是帝王将相，我是革命战士，阶级不同。"

老人又说："女解放军也没什么想不开的吧？"

柳子函乐了，心想：老头儿眼睛还挺毒，口中回答："多少有一点儿。"

老人把手指停留在山羊胡子最长的那一根上，道："说说看。我在这里见的人多了，也许能给你排解排解。"

柳子函闲得无聊，乐得有人搭讪，一本正经道："我一个人孤孤单单，没人跟我好，就这点想不开。"

老人早就注意到了远处树荫下窃窃私语的黄莺儿和宁智桐，老人抚须说："当年的妃子也是熬了好多年的冷宫，后来才出头的。闺女，你还年轻，机会多得是。"

柳子函心中窃笑，心想：若自己真是当年的苦命妃子，早就横刀跃马杀将而去，砍了皇上，啸聚山林，自在逍遥。

一直到傍晚才回来。和宁智桐分手之后，黄莺儿和柳子函好一阵子无话。闺中密友，一旦有一个谈了恋爱，另一个就好像遭人遗弃，心中惴惴。柳子函忍不住打破僵局："我就想不通，你们何时好上的？"

黄莺儿如实禀报：“他昏迷那会儿。”

柳子函说：“真有你的，跟一个植物人谈恋爱。”

黄莺儿羞涩道：“我那时给他换药的时候，他的小鸡鸡立起来了。”

柳子函忍不住大笑：“给你提个醒儿，别用乡下的土话，要用医学术语——男性生殖器。这算什么呀？我给他换药的时候，也这样。这没什么了不起的，就像一块石头飞过来，人会眨眼。”

“不对，他是有感觉的。我既然看到了，我就要成为他的女人。”黄莺儿非常执拗地说。

柳子函哭笑不得，心想：聪慧的黄莺儿怎么一个跟头跌回了封建社会，竟如此愚昧？她说：“你说的那事我也看到了，可我并不打算成为他的女人。”

黄莺儿捂着小巧的嘴巴笑起来，说：“这就对了。要是你也这样想，咱们就是情敌了。我饶不了你。”

柳子函恍然大悟，明白了这一切只是借口。爱情其实是很容易找到理由的，冠冕堂皇顺理成章的能说通，胡搅蛮缠匪夷所思的也行。

黄莺儿发誓般地说：“我还会对你好。”

柳子函说：“我从来也没担心过你会对我不好，你不用这样表态。”

话虽说开了，两个朋友从此却多少有了隔阂。宁智桐好像一根微细的竹刺，嵌在指甲缝中，你看不到它，可抚摩某件硬物的时候，却会突如其来地感到锐痛。

游蓝达和柳子函走进一家西班牙餐厅吃饭。餐厅看起来很古老，灯光黯淡，地砖釉面支离破碎，到处是烟熏火燎的痕迹。游蓝达说：“猜猜看，它的历史有多少年？”

柳子函吸了一下鼻子，连空气中都是属于过去年代的栗子香气。她很有把握地说：“最少一百年。”

游蓝达得意地说：“其实它前年才落成。”

柳子函大惑不解，说：“干吗搞得像经历过二战似的？不对，像经历过一战。”

游蓝达说：“这就是做旧。吃饭是古老而缓慢的事情，在有年纪的饭馆里吃饭，舌头才会恢复悠闲的节奏。”

游蓝达说这家店最负盛名的佳肴是墨鱼炒饭，她强烈建议柳子函品尝。叫上来一看，简直像是出锅之后浇了满勺“一得阁”墨汁。柳子函担心道：“吃完之后，嘴巴是不是跟墨盒似的？”

游蓝达说：“您不要光看外表，它心灵美。”

吃起来味道果然不错。米粒被藏红花的汁液浸染得灿若金菊碎屑，挖开米饭，内里简直是座水族馆。虾肉、螃蟹、黑蚬子、黑蛤蜊、牡蛎、鱿鱼……图穷匕见，吃得人满头大汗。待吃喝告一段落，游蓝达说：“后来呢？您没发现我今天有点儿魂不守舍，翻译中也屡屡出错？我一直惦记着你们在黄瓜地遇险的事。”

柳子函的记忆已经在昨晚的星空中飞翔了很远，叫游蓝达这样一问,反倒忘了讲到哪里,回忆了一下，觉得有些不便深谈，简洁概要地交代了一番，略去若干细节。

“也就是说,黄莺儿和连长宁智桐开始谈恋爱？”

“是的,正是这样。虽然当我进入妃子墓的时候，还没有明确地意识到这一点，但出来的时候，已确信不疑。”

“哈！您当了一回超级电灯泡。”

“是。虽然那个时候没这个说法，但基本意思是一样的。”

“柳医生，恕我直言，您在这个事件中简直单纯到近乎愚蠢。请原谅我的直率，并没有什么不敬的意思，只是实话实说，您是不是也将宁智桐当成了追求的对象，所以才故意闭目塞听？”

“你说得有几分道理。当时情窦未开，是不是朦胧中对宁智桐也有好感，我也说不清。总之，心中万千味道搅成一团。这种复杂的情绪影响了我和黄莺儿的交往，彼此也心知肚明。如果不是这样，事情的结局或许不会是那样……”

“当您说到‘结局’两个字的时候，好像很伤感？”

“是的。这个故事，有个不祥的结尾，甚至可以说是悲惨。”

“那我更想知道了。只是现在您正在吃饭，这不是适宜的时间。让我们等待一个从容揭开结尾的机会吧，我有足够的耐性和好奇。”

她们就这样约定了。其后的考察安排非常繁忙，她们像两个女超人一样在蓝天下荡来荡去，穿梭于各个慈善机构之内，见到的人不是鳏寡孤独就是盲麻丑怪，酸甜苦辣一应俱全。忆旧是需要心情和情调的，当然，还有氛围。虽然面对着游蓝达那酷似黄莺儿的睫毛，柳子函会突如其来地想起黄莺儿，但层出不穷的新问题，让她难以静下心来。

日子过得飞快，考察已接近尾声。下一站是艾滋病人的临终救济所。虽知一般的接触不会感染艾滋病，但游蓝达还是敬而远之：“我这人有洁癖，咱们少待一会儿，好吗？我害怕这种地方。”恐惧战胜了敬业，游蓝达面带苦恼之色。

“可能……不行。你知道，一是出于礼节，人家给我安排了，我不能蜻蜓点水。再者，我对此深感兴趣，我的国家正好需要这方面的经验。”柳子函爱莫能助。

“好吧。”游蓝达只好做悲壮色，咬牙前行。

艾滋病人临终救济所，一座花园式的建筑，表面上看不出有什么特殊的地方，甚至可以说草木葱茏很有生机。一些形容枯槁的病人裹着毛毯，在院子中晒太阳，犹如鬼魅般悄无声息。负责接待的一位中年女子走过来，压低了声音说：“欢迎你们。”游蓝达把她称为“艾滋关怀女士”，简称“艾滋女士”。其实她并没有艾滋病，是志愿者。

这里所有能够行动的人，动作都迟缓而低调，说话都是叹息样的轻语。园中听得见隔年松果坠入青草的细碎撞击声。也许，有气无力也是另外一种意义上的安宁。

柳子函当医生出身，一看到疑难杂症就斗志勃发。她对“艾滋女士”说：“我可以先看看病人吗？”

“艾滋女士”答：“那要征求他们的意见。出于可以理解的原因，有些人是拒绝被打扰的。”

柳子函点点头，表示明白，转而问：“这里的工作人员是怎样招募的？”

“艾滋女士”言简意赅：“自愿。”

柳子函说：“我可以知道您是如何来到这里

的吗？”

“艾滋女士”说：“我的弟弟得了艾滋病，死在这所医院里。其实，正确地说，这里不能算作医院，因为这里是不做任何治疗的。弟弟死后，我觉得这里需要我，我听到了天堂的召唤，就来了……”正说着，一个面色苍白的年轻男子走过来，说：“结束了。”他是一位义工。

“艾滋女士”说：“啊，好的。露西她怎样？”

苍白的男子说：“很安静。”

她转过头对游蓝达和柳子函说：“你们还坚持要见一位艾滋病人吗？”

游蓝达紧抿嘴唇不答话，柳子函频频点头道：“是的。”怕游蓝达不能原汁原味地翻译过去，干脆连连打出坚决肯定的手势。

“艾滋女士”明白了，回答道：“我们这里暂时没有还活着的艾滋病人愿意见到本慈善机构以外的人。”

柳子函很失望，这不等于白说了嘛！“艾滋女士”接着说下去：“不过有一个已经死去的艾滋病人，愿意接见你们。”

柳子函浑身的汗毛被恐惧的磁石吸引得直立起来，她惶惑地说：“她怎么知道我们要来？”

“艾滋女士”不动声色地说：“她并不知道你们要来。她就是露西，刚刚去世了。她活着的时候，很开心和来访问的人交谈，所以我知道她会愿意见你们。只是你们愿意见她吗？毕竟，她的灵魂已经离去，剩下的只是躯壳。”

柳子函说：“想见。”游蓝达只有照实翻译。

“那请随我来。”“艾滋女士”说着，沿着古老的长廊，款款前行。她步履轻盈，白色长裙在猩红色的木地板上像桃花水母一样无声漂游，以至于柳子函产生了一种错觉，觉得她就是露西本人。

到了露西的病房，“艾滋女士”说：“凡是临终的病人，我们都会提前把他们安置到某个单独的地方，让死亡这件事对他人的影响降至最低。艾滋病人的死亡，通常不是猝不及防的，它是缓慢而有秩序的，这种病也有它慈悲的一面。当然，意外总是有的，好在所有居住在这里的人，都对这一天有所准备。露西，我们来了。还有远方的朋友也来看你。”

本来还没有多么可怕，听着“艾滋女士”如同叹息一样的声调，倒真令人生出踩在地狱台阶上的湿滑感。柳子函问“艾滋女士”：“我们需要进行什么仪式吗？”

游蓝达转达。“艾滋女士”说：“不必。你们只要向她鞠个躬表示一下问候就成了。虽然握手不会传播艾滋病，但是，露西已经不在乎了，不必拘束。”

游蓝达几乎闭着眼睛在翻译，柳子函怀着复杂的心情，走到露西身边。死去的露西如同一副剔净了血肉的骨架，极其萎缩和菲薄，脸像流沙一样干燥。

柳子函鞠躬，为了这具身体曾经经受的苦难和折磨，为了这具躯体里栖息的灵魂如今的飞翔和飘逸。游蓝达机械地重复着。当这一切结束之后，“艾滋女士”说：“在中国有这样的机构吗？”

柳子函答：“我们有。以后会做得更好。”

结束访问之后，“艾滋女士”说：“我来为你们叫一辆出租车。”

柳子函说：“不必客气。谢谢。我们自己到街角去等出租车。”

“艾滋女士”淡然解释：“那将是很困难的事情。这里是专为艾滋病人服务的机构，很少有车愿意到这个方向载客，如果你们在街角等车，会长时间地失望。我叫的车车号是……”告知之后，她礼貌地退走了，裙裾飘飘。

柳子函和游蓝达一言不发地走到街角，天下着小雨，阴霾笼罩，地上如同长满极地苔藓一样黏腻。游蓝达抱着双肩哆嗦着说：“太冷了。刚才那位女士并没有征得我们的同意，就为我们叫了车。我估计她平日和艾滋病人讲话的时候，养成了这种事事周到说一不二的风格。现在，我打算对不起她了。”

柳子函还沉浸在与露西的离别中，觉得有个极瘦的幻影在周围游弋，柳子函困惑地说：“你打算干什么？”

游蓝达说：“我不等那辆不知何时才能到达的

出租车。我要到附近的咖啡馆坐一下，暖暖我冰冷的灵魂。如果您愿意跟我一起去，那是再好不过。如果您愿意在这凄风苦雨中等候，就请稍微耐心一点儿。我会用最快的速度把咖啡吞进喉咙，然后赶到这里和您会合，咱们再走。”

如果这是一道选择题，答案显然是“A”。

游蓝达和柳子函进了一家小咖啡店。刚一推门，就被香甜和温暖的氛围所劫持，真是天堂的皱褶处。咖啡店很小，只有五六张桌子，也许是因为天气突然转凉，不少人聚在里面取暖，大约二分之一都坐满了。

“人太少了。”游蓝达不满，挑了张靠窗的小桌子。

柳子函说：“已经烟雾腾腾的，你还嫌人少。不怕吸多了二手烟得肺癌？”

游蓝达说：“咖啡馆这个地方，人不能太多，也不能太少。太多了，烦，影响心情；太少了，就寂寞空洞，没气氛。我平日觉得有三分之一的人最合适。今日觉得要有九成人才好。”

柳子函不解，说：“为什么要挤得像自由市场？”

游蓝达说：“害怕啊。刚从那样恐怖凄凉的地方出来，我真想挤在密不透风的人群里，你碰我我碰你，汗味儿、香水味儿、食物的味道、咖啡的味道……哪怕加上狐臭我都不在乎，搅成一团，这才是火热的人间。”

正说着，围着花布围裙的女招待走过来，两个人要了咖啡和甜点，吃着，饮着，前十分钟一言不发，面面相觑。肠胃慢慢地温暖起来，温暖的触须像爬山虎一样上行，攀到了胸口，最后抵达了脑门儿。温暖最后汹涌澎湃地占领了双手和双脚，寒冷和恐惧才无可奈何地败去。游蓝达说：“没想到在旅行就要愉快结束的时候，被挤压得喘不过气来。”

柳子函说：“对不起。我知道今天的经历对一个非医务人员来说，难以忍受。”

游蓝达渐渐恢复了镇定，说：“不必客气，这也是我的工作。况且实际上也是我的兴趣所在，只是我一时无法宁静。过了今天，就会好的。”

柳子函说：“非常感谢你的敬业。”

游蓝达说："我也从您这里获益匪浅，它比您能想象的更加重要。黄莺儿的故事还没讲完，今天，您是否可以揭开悬念？"

柳子函说："好吧。只是，我怕你会再一次寒冷和哆嗦起来。"

游蓝达说："经过了艾滋病人之死的历练，我想我的神经已经变得像过山车的保险索一样强韧。"

柳子函半信半疑："真的吗？但愿如此。你做好准备。"

黄莺儿发疯似的迷恋上了编织，那是一件藏蓝色的男式毛背心，花纹复杂得如同少数民族女子头上的冠。她一言不发，静静端坐，一针针地缠绕、交叉、抖腕子、推进……

一针上一针下……

两针并一针……

另起一行，一针分两针……

黄莺儿口中念念有词，她说这个花样叫作"阿尔巴尼亚"。

古往今来的女子，相恋时都一定要亲手为郎君做点儿什么。从前是荷包鞋垫袜子头巾，如今就成了毛背心和毛衣。面积更大了，分量更重了，也更蓬松而暖和了。

黄莺儿一言不发，桃花面红酥手，静静端坐缠绕，兰花指挑动五彩斑斓。脸上是平稳的安宁，如同十五日的月，光洁到有点儿痴呆的样子。她长长的睫毛下，没有任何杂质，只是单纯地思念和机械地操作。于是先是那男子的腰，然后是那男子的胸，再然后是那男子的双肩和臂膀，就渐渐地在她手中精致地成形。每一寸毛茸茸的线，不是穿过手指和钢针，而是穿过了脑子，穿过了心的瓣膜，连着肝脏和脾。这过程是不能说话的，说了，“阿尔巴尼亚”就会“变修”。绵绵心事被万千针脚簇拥着，一个男子的身影长久地抱在怀中。

可怜的柳子函只有埋头看书，抵御孤独。

……

实习结束，黄莺儿和柳子函已经拥有了处方权。按说应该马上提干，不巧一批地方医学院校毕业生参军到部队。医生的名额有限，黄莺儿她们面临一种尴尬，暂无编制可以安排。部队领导对自己培养出来的苗子情有独钟，决定先把她们分配到基层，等以后医院有了空额再调上来。

医生不能到医院去,就像剑不能染血,是悲怆的。医院也和万物一样，有性格和脾气。驻军医院是正襟危坐的大哥，专攻疑难杂症。野战医院是毛头小伙子，冲劲足，手艺也许不是最精的，打起仗来却骁勇善战，冲在最前头，不惧流血牺牲。军分区的卫生科,有点儿像中老年妇女,包罗万象,细致琐碎,需要态度好，童叟无欺嘘寒问暖。

黄莺儿和柳子函分到了不同的军分区，南黄北柳，相隔数百公里，坐汽车要整整一天。

分别在即,按说该心中黯淡,黄莺儿居然很兴奋。她的新单位距离宁智桐不远，这极大地稀释了她对女友的离愁别绪。

“你稍微掩饰一下兴高采烈好不好？也不必这样心急火燎地要到新单位报到。”柳子函悻悻地一语双关。

黄莺儿轻盈地打着背包，把一个有喜鹊图案的脸盆绑在军大衣外面，有点儿不伦不类。柳子函也有一个同样花色的脸盆，那是她和黄莺儿一块儿买的。你如果看到女孩子们有些一模一样的东西，就知道她们的关系非比寻常。

黄莺儿说：“其实咱们离得并不远，爬上大厢板，一天就到了。”

柳子函提醒：“不要见色忘友啊。”

黄莺儿欢快地说：“宁智桐已经当副营长了，总让我代问你好。”

两人依依不舍地分手。女孩子们的友谊往往是这样：在一起的时候，蜜里调油；离开以后，随着时间和距离的风化，感情就渐渐酥脆了，坍塌成美丽的碎片。她们又恢复到刚当兵之后的那段岁月，彼此相望着，都知道对方的消息，见面却很少。黄莺儿干得很出色，发明了一些土疗法，比如把青霉素注射到儿童化脓的扁桃体里，据说效果极好，孩子们的高烧一天就退了。段伯慈也调到那个单位当卫生科长，佟腊风还是护士本行。

可惜政策变化，柳子函和黄莺儿这批兵的提干指标一直没下来，始终是战士身份，处境微妙。

宁智桐倒是好事多多，被评为军区模范，受到总部嘉奖，升为正营长。听说军区某首长要招他为东床快婿。如果他答应了，就会成为全军区最年轻的团长，可被宁智桐婉言谢绝……没人知道他和黄莺儿的恋情。据说翻过年去，黄莺儿有可能以战士身份被保送到军医大学，继续深造（那时候工农兵学员必须是战士）。

黄莺儿的爱情像刚刚晒好的被子，松软喷香。柳子函这边就是冷褥子，坚硬平坦。柳子函既然没法收获爱情，只有去收获成功，努力工作。分手之后，柳子函到黄莺儿的营地看过她一次，爱情让黄莺儿美丽异常。

随着时间的推移，她们的友谊似清香的沙枣花，坠地之后，在风中凋为尘埃。然而那些香氛还在，如鬼魅般潜行，在一些不可知的瞬间和未必合适的地点现身。比如，此刻，在异国他乡冷雨绵绵的小店中。

“游蓝达，我以后要向你讲的故事，有些是我亲历，有些是我听别人讲的。我的记忆已将它们融合在一起，当我向你描述的时候，仿佛我就在黄莺儿身边。”

“就是说，这里面有一些想象的成分，有一些虚构？它们更像是一个传说，而不是历史的真实？”

“不，不，不是这样的。它们不是假的，都是真的。千真万确。”

“这让我有一点儿矛盾，有一点儿困惑。您知道，当事人的记忆往往并不准确。”

“我向你保证，它们是绝对真实的，一如我和你面对面地坐在一起，我可以看到你的睫毛。”

“好吧。”

深夜，电话铃突然响了。柳子函的床头安了一部电话，这是首长的待遇。夜里常有急诊，为了工作方便，医生就享有特权了。柳子函抓起听筒，劈头问：“多少栋？多少号？”

那时军线都是人工转接，夜里紧急呼叫柳子函的可能性只有一个——有人重病，急需女军医上门出诊。通常是军人的家属或孩子生病，半夜三更的，男医生钻进汗息弥漫的住所，终是不大方便。再有就是子宫功能性出血或是生孩子之类的妇产科急症，更是女医生的独门绝技。所以，柳子函不问病，先问地址。

对方是焦灼的男声，非常惊慌："你是柳子函吗？"

柳子函把话筒离自己的耳膜远一点儿，以防对方灼热的呼吸喷出来，烫伤了耳朵。

"是，我是。你是谁？"柳子函有一点点恼火，一般人都称呼她"柳医生"，此人礼貌欠缺，居然直呼其名。

对方来不及细察柳子函的情绪，立即回答："我是宁智桐。"

哦哦，原来是清俊潇洒的英雄宁智桐啊！柳子函一下精神抖擞，睡意全无。一只手握着话筒，另一只手赶紧开始穿军装，觉得自己应该正襟危坐地接这个电话。

宁智桐心急火燎地说："柳子函，你快救救黄莺儿！"声音带着绝望。

"你等等，宁营长！救谁？"柳子函大惑不解，以为自己听差了。

"救救黄莺儿！"宁智桐非常清晰地重复。

"黄莺儿她此刻在哪儿？"柳子函搞不清情况，一头雾水。

"黄莺儿就在我身边。"宁智桐回答，声音有一个小小的停顿，好像是他回头看了一眼黄莺儿。

柳子函生气了，心想：黄莺儿，你也太过分了，就算你跟宁智桐好得如胶似漆，跟老朋友打电话的时候，也应是亲启樱唇为好。她酸溜溜地说："宁营长，没想到黄莺儿雇了你当秘书。"

宁智桐一看柳子函误会了，急忙辩解道："柳子函，你先别生气，黄莺儿她没法给你打电话，她昏过去了！"

昏过去？谁？黄莺儿？高兴的吗？不至于吧。伤心的吗？也太惊悚了吧。运筹帷幄冰雪聪明的黄莺儿居然能昏过去？这根本不可能！柳子函第一个反应是——拙劣而恶意的玩笑！

受惊的人往往变得凶恶。柳子函恼怒道：“宁营长，不要谎报军情！就算你俩幸福得没边没沿，也不该如此捉弄别人啊！你赶快把话筒给黄莺儿，叫她亲自跟我说话。”

宁智桐几乎带出了颤音，说：“柳子函，我向你保证,以革命军人的名义！这一切是千真万确的，黄莺儿她此刻已人事不知！”

宁智桐惊慌失措的声音彻底撼动了柳子函，能让一个泰山崩于面前眼都不眨的英雄方寸大乱的变故，一定非常险恶！看来这一切是真的啦！到底是怎么回事？宁智桐为什么在深夜守着昏厥过去的黄莺儿？发生了什么？黄莺儿是病还是伤？不管是病还是伤，都应该在第一时间去医院抢救，为什么要不顾数百里之遥给柳子函打电话……密集的问号突然袭击，如同千万发子弹横扫过来，将睡梦中刚刚清醒的柳子函击得千疮百孔。

柳子函迅速整理思绪，毕竟老父是当司令的，遗传给她临危不乱的禀赋。她深深吸了一口气，尽量用平稳的语气问："宁营长，你不要着急。到底是出了什么事？黄莺儿她得了什么病？"

不管怎么说，治病救人最重要。黄莺儿既然已经晕过去了，第一位是迅速判明病情，开始急救。

宁智桐哆哆嗦嗦地说："黄莺儿不是病，是大出血。"

柳子函不由得怒火中烧，心想：你这个宁营长也太糊涂了，血出到人已休克，情况万分危急。这肯定不是瞬间才出现的，分明耽搁了一段时间。你宁智桐是干什么吃的？现在，千言万语并成两句话——她几乎喊起来："快送医院！救命只有这一招儿！"

这一次，宁智桐的反应非常快捷，斩钉截铁地拒绝："不行！"

柳子函惊愕万分，宁智桐凭什么阻拦送黄莺儿上医院？他就不怕人命关天，黄莺儿眼睁睁地死在他眼前？柳子函怒火中烧，扯破喉咙道："宁营长，我告诉你，大出血是会要命的！你为什么阻拦黄莺儿上医院？是何居心？打算见死不救吗？”

宁智桐的声音经过漫长的电话线传过来，有一点儿失真，好像一个陌生人。他说：“柳子函，不是我不想送黄莺儿上医院，是黄莺儿自己坚决不上医院。她昏迷前的最后一句话就是——答应我，绝不能去医院……”

事关人命，宁智桐不会说谎，事态越发坠入混沌之中。柳子函急速判断着——不单是宁智桐颠三倒四，在这一切之前，黄莺儿就已经出现了某种严重的错乱。她对自己说，柳子函啊柳子函，情况再危急你也不能乱！你先要详细问诊，把来龙去脉捋清楚，然后才能力挽狂澜。

柳子函竭力稳定自己的情绪，问道：“黄莺儿哪里出血？”

出血的部位不同，抢救的措施是不同的，此乃医学基本常识。

不想就是这样一个极为普通和正当的题目，却让历经生死前程远大的英雄营长张口结舌。他在电话里不停地咂着嘴，好像有一块火红的焦炭在口中咝咝作响。

柳子函大惑，难道宁智桐已弱智到根本判断不出是哪里出血吗？又一想，恐怕真有这种可能。如果是隐秘的内出血，就是经验丰富的临床医生有时都会颇费思量。宁营长是军事干部，隔行如隔山。想到这里，柳子函稍微和缓了一下口气，说：“宁营长，你冷静一下。你先告诉我，是外出血还是内出血？也就是说，你现在看得到出血吗？”

这一次，宁智桐回答得非常爽利：“看得到，看得到！是外出血。”

柳子函紧接着问：“血是从哪里流出来的？”

看来是再也搪塞不过了，宁智桐艰难地说：“血是从……黄莺儿的……下身流出来的。”

原来是这样！是妇产科的事情了。柳子函已经把衣服穿起来了，仍觉十分寒冷，一阵战栗滚过全身。作为一名训练有素的医生，她知道情况非同小可。

“快送医院！”又回到了起点。这是柳子函目前能想到的最好方法。

“不行。”宁智桐又一次毫无商榷地拒绝了，“这是黄莺儿对我的托付。我知道，她绝不愿让人知道真相！”宁智桐咬紧牙关绝不通融。

“这样下去，黄莺儿会死的！你知道吗？会死的！”柳子函黔驴技穷，只能对着话筒大喊大叫。

她以为宁智桐会被自己这声断喝吓得方寸大乱继而改变主意，没想到对方非常清晰地回答：“我知道。”

“你什么都知道，为什么还不赶快叫救护车！对了，你……你们现在在哪里？”柳子函也急得东一榔头西一棒槌，乱了章法，直到这会儿才问及现场。

“我们在黄莺儿的宿舍，就是××军分区的家属院，一套独立房屋。”宁智桐回答。

柳子函探望黄莺儿时，见过这套独立的房屋，静谧幽雅。军绿的被子上蒙着一块黄莺儿手绣的白色绸布，上面是盛开的金黄雏菊。高大的木窗上是黄莺儿手工钩织的白色窗帘，图案是挺拔的竹和俏丽的梅。桌子上永远摆着打开的《实用内科学》，厚得像一块土坯。还有平摊着的笔记本和戴着笔帽的金笔，黄莺儿说笔是宁智桐送的，握着笔的时候，就像拉着宁智桐的手。空气中弥漫着淡淡的野花香，那是被黄莺儿治好的病人们，知道她喜欢花，特地从营区附近的山坡上采来送她的。插在输液瓶里的花，有时是虞美人，有时是野玫瑰……黄莺儿说鲜花会给她安宁和勇气。到处是白色，如同清洁的雪。在这洁白之上，是黄莺儿娇美的笑颜，如同白雪上的朱砂，鲜艳夺目。难道，这一切都乾坤倒置了吗？

哦！明白了。他和她，如同两只狡猾的小狐，在危险的花丛中放纵。蝴蝶和猫头鹰都没有发现他们，花的种子却沾在了皮毛上。如果宁智桐所言不虚，那么，可以想见，黄莺儿那间充满温馨的小屋，如今已血流成河，充满了无比的危险和咄咄杀机。

“宁智桐，你既然知道这样下去她会死，为什么不救黄莺儿呢？要是黄莺儿死了，我会把你扭送军事法庭！”柳子函咬牙切齿怒骂道。

宁智桐木然地回答：“如果黄莺儿死了，我用不着你把我送上军事法庭，我肯定会自我了断。如果不能和黄莺儿一道活下去，就会一道死，这是我早就想好了的。”

我的天！真是疯了！这哪里像一个在冒着烟的手榴弹面前视死如归的英雄说的话！柳子函放开手中已经攥出汗水的电话线，拍拍额头，强制自己清醒。关键时刻，老爹驾驭千军万马的秉性，给了她动力。

柳子函抬头看看窗外，夜色漆黑一团，正是午夜最黑暗的时刻。她和黄莺儿之间，隔着多少山川多少河流！多少石壁多少草木！她看不到黄莺儿，只有黄莺儿这个昔日恋人顽固地坚守着黄莺儿的嘱咐。关山迢迢，她无法操控宁智桐。鞭长莫及啊！爱莫能助啊！百般无奈之中，柳子函只有先从了解情况入手，伺机找到缺口，说动宁智桐，挽救黄莺儿。

“宁营长，你会量脉搏吗？”柳子函先叮嘱宁智桐测量黄莺儿的生命体征。重中之重，要判断黄莺儿此刻有无生命危险。

“会，她事先让我练过。”宁智桐给了肯定回复。

“好。你先把黄莺儿的脉搏数测了，告诉我。”柳子函布置。

柳子函听到宁智桐放下了电话，然后是窸窸窣窣的动静，过了一会儿，宁智桐说：“很弱，但是均匀。每分钟一百一十一次。”

柳子函又接着下达指令：“你再数一下黄莺儿的呼吸。”

过了一会儿，宁智桐回答：“二十八次。”

呼吸急促，脉搏增快，这都是休克病人常见的症状。“血还在继续出吗？”柳子函战战兢兢地问。这本是第一个就该问的问题，但她心惊肉跳，反倒留到了最后。

“这会儿，好像……流得比较少了……似乎止住了……”宁智桐磕磕绊绊没多少把握地回答。

情况似乎暂时稳定住了。柳子函说：“你密切注意观察情况，发现变化，立刻报告我。”

宁智桐诺诺应承。

柳子函再说：“宁营长，我问你，到底是怎么回事？你可要从实讲，对医生是不能隐瞒的。”

“好。我……说……”电话里传来宁智桐连续咽唾沫的声响，看来这个问题让他非常为难。半晌之后，宁智桐终于回答道：“是这样的，黄莺儿怀孕了。”

果然不出所料，但柳子函还是很不安，她努力让自己的声调不发生变化，说：“多大了？”

宁智桐说：“三个多月了。”

柳子函脱口而出：“该死！怎么这么大了？”

宁智桐说：“是，我该死。”

柳子函想想这阵子如此危急，骂人也不是法子，就说：“然后呢？”

宁智桐说：“我也不知道怎么办。别看我在带兵打仗上啥都不怵，对这种事就一窍不通了。”

柳子函气呼呼地说：“还挺谦虚的。后来呢？”

宁智桐嗫嚅说：“后来……就成了这个样子。”

一想到女友生死未卜，柳子函怒火中烧，她大喝一声：“宁智桐，你好大胆！”

宁智桐摸不着头脑，说：“我胆小，这事都听黄莺儿的。”

“少推卸责任！这件事究竟是怎么变成这样的，你必须老实交代！”柳子函气急败坏，口气满带训斥的味道。宁智桐并不计较，身边是昏死的恋人，脚下血流汩汩，有一种尸横遍野的恐怖。此时此刻，无论什么话题什么口气，都比鸦雀无声的寂静要好。

他必须说下去，不停地说……

宁智桐问黄莺儿：“这事怎么办呢？”

黄莺儿说：“我还是战士编制，不可以谈恋爱，更不能要孩子。如果让人知道了，你就不能当团长，我也不能上大学，那咱俩就全毁了。只有一条路，这个孩子必须秘密干掉。”

宁智桐打了个寒战，犹豫说：“我想要这个孩子，哪怕咱们一块儿不当兵了，脱下军装，当老百姓，我也要和咱的孩子在一起。”

黄莺儿斩钉截铁地说：“不行！智桐，你是英模，以后不断努力，可以当将军的，为什么要因为这一点点小事，坏了大局！”

宁智桐坚持，将军可以不当，孩子不能不要。

黄莺儿生气了。这是宁智桐自打认识黄莺儿之后遇到的唯一一次激烈反抗。看着黄莺儿美丽绝伦的面庞变成紫葡萄一样充血，每一根纤长的睫毛都挂满了泪珠，宁智桐只好投降。

下了不要这个孩子的决心，仅仅是第一步。具体怎么操作呢？宁智桐说："赶紧上医院吧。"黄莺儿说："不行。"如果到了医院，马上会露馅儿。人家就会追问孩子的父亲是谁，那样就给宁智桐脸上抹黑了。黄莺儿希望宁智桐没有一丁点儿的纰漏，是个顶天立地的完美英雄。宁智桐不领情，说："我不在乎这个，只要你能平平安安。"

黄莺儿莞尔一笑，说："我自己就是医生，当然会让自己平平安安。"然后，她就从地方医院借来了全套的妇产科器械。闪亮的刀子剪子肩并肩地摆了几排，宁智桐非常陌生，只觉得清冷如冰，像杀人武器。

不对。说真的，在宁智桐眼里，不锈钢器械比武器还可怕。武器是有颜色的，蓝瓦瓦或黑黝黝，像镰刀和犁耙，外观油光水滑，内里一腔柔情听人指挥，像忠诚的猎犬，指哪儿打哪儿。医疗器械则完全不同，没有一点儿温度和色彩，冷凝锃亮，带着拒人千里的傲慢。

宁智桐不解地问黄莺儿："你备了这些家伙儿，打算请谁来给你做手术？"

黄莺儿眉毛一挑，俏皮地回答："此人远在天边，近在眼前啊。"

宁智桐四下巡睃，黄莺儿掐住他的胳膊说："找什么找！就是你啊。"

宁智桐大惊失色，说："黄莺儿，你没开玩笑吧？我能横刀跃马出生入死，可我不是大夫，我哪能给你做手术呢？"

黄莺儿用雪白的纱布，细细擦拭着那些器械，半仰着头说："我相信你。"宁智桐连连摆手，说："黄莺儿，你不要搞糊涂了，这跟相信和不相信可没一点儿关系。人命关天啊！"

黄莺儿彻底抬起了头，严肃地说："正是因为人命关天，我才不信任别人，只信任你。"

宁智桐只觉得双腿好像泡在醋里，站立不稳。他很生自己的气，当年手榴弹在面前咝咝作响的时候，他一点儿都不害怕，今天这是怎么啦？黄莺儿心平气和说出的这些话，反让他脊骨冷汗潺潺。宁智桐打起精神说："黄莺儿，我求你了，这事初起的确是我的罪过，想得不周到，没料到一时快乐的结果，让你承受这么大的危险。我愿意负这个责任，刀山火海都敢上，可我不能拿着医疗器械干这件事……"话还没说完，黄莺儿就欢快地笑起来了。

那是一个非常娇美的笑容，宁智桐永远也忘不了。黄莺儿说："不仅仅是你快乐，我也快乐啊。所以，你没有什么对不起我的，并不是要罚你，才让你做这件事，实在是因为我信任你。"

宁智桐双手握着拳头如同流星锤一样向下砸着，说："黄莺儿，你是不是急糊涂了？就算我们想神不知鬼不觉地除掉这个孩子，也不能用这种方式。"

黄莺儿轻摇着头问："那你说用什么法子呢？我自从知道有了这个孩子，就一直在想如何干掉他。这是我想到的最好的法子了……我把这些器械消毒好之后，找个夜半三更的时候，你来为我施行手术。你不用害怕，人工流产是一个小手术，第二天我就可以照常上班，我可不娇气。就算有点儿腰疼肚子疼，我也可以找个借口，比如说自己感冒或是拉肚子，请上一两天的病假，自然就缓过来了。你说说，这是不是一个瞒天过海万事大吉的好法子？”

宁智桐说：“黄莺儿啊，你考虑得千般周到万般仔细，可你就没有想过我下不了这个手，干不了这件事吗？”

黄莺儿说：“我想到了。这个手术不需要麻醉，我的神志从头到尾都很清醒。我可以手把手地指点你。我做过很多次人流手术了，是个很有经验的大夫。我对自己的身体也知根知底，绝对能指挥着你把这件事做得严丝合缝。”

她说得胸有成竹，可宁智桐还是充满恐惧。他说：“黄莺儿，我记得你的好友柳子函和你是割头不换的铁哥们儿。你就给她带个信儿，让她来看你。她前不久不是还来过吗？她肯定能神不知鬼不觉地帮你把这个手术完成了，咱们不就平安无事了吗？”

听到这里，柳子函忍不住打断道：“宁营长，我听你说了这么半天，唯有这句还算明白事理。只要黄莺儿一跟我张嘴，我会插翅飞到她那儿，帮她把那个孩子灭掉。”说完，她觉得自己像个老妖婆，在密谋一桩杀婴血案。

未及听到回答，宁智桐突然哎呀了一声，声音惨厉。柳子函惊问：“又怎么啦？”

电话的那一侧,声音突然消失,只有微小的动静,似是宁智桐暂且放下了电话走到旁处。柳子函只得忧心如焚地等待。过了一会儿，传来宁智桐惊恐不安的声音：“不好了，黄莺儿好像又在出血！”

“多吗？”柳子函也非常恐慌。

“好像……不多，只有一点点。”宁智桐没多少把握地说。

柳子函说：“宁营长，过去的事咱就不说了。现在，事不宜迟，你必须立马把黄莺儿送到医院。如果出血卷土重来，说明刚刚凝固的血管防线又被冲开了，将非常危险。”

宁智桐左右为难道：“柳子函，我现在给你打电话，全因为黄莺儿已经人事不知，要不然，她根本就不会同意让我联络你，更不要说上医院了。”

柳子函不由得怒火中烧，说：“我怎么得罪黄莺儿了，她跟我这么大的冤仇？”

宁智桐赶忙解释：“千万别误会。柳子函，你是她最好的朋友，她不愿意让你知道她的丑事。黄莺儿是个好脸面的人，她希望所有的人都以为她非常完美，特别是在你面前。她说，哪怕全世界的人都知道了，也希望你是最后一个知道的人。”

这叫什么话！这是信任还是痛彻心扉的背叛啊？太不够交情啦！柳子函捶胸顿足七窍生烟，要不是此刻黄莺儿僵卧血泊中昏迷不醒，她简直想破口大骂——黄莺儿啊黄莺儿，你他妈的是个大笨蛋！大傻瓜！这么十万火急的事，你信不过和自己肝胆相照的姐妹，这不是找死吗？

然而眼前局面狰狞险恶，柳子函不能浸泡在一己火气中，要以大局为重。她强压幽愤，追问宁智桐：“现在如何？”

宁智桐说：“看起来还平静，出血又停止了，她好像睡着了。”

“盖被子了吗？大出血的人会感到深入骨髓的冷。”柳子函关切地探询。

“盖了。”宁智桐柔声说。

短时间的万籁俱寂。柳子函不知不觉中，将电话线在手指上缠绕了好多圈儿，绞得手指发痛。她解开电话线，揉着发紫的指甲，思谋着下一步该如何应对！宁智桐不是一个能轻易被遥控的人，柳子函束手无策。黄莺儿为了自己和恋人的清誉，不愿惊动任何人。也许，柳子函应当尊重这份宁死不屈的尊严？

不！不行！柳子函不能眼看着美丽的黄莺儿变成僵尸。

那一夜，柳子函一次次无意识地眺望窗外。天心月圆，玉宇澄澈，大地深眠，世事安稳。却不想一位心高气傲的绝美女子，犯下了滔天的过失，生死一线。

有人说，时间可以淡化一切。不是的，不是这样的。有一些，可以；有一些，永远不能。一个曾经和你唇齿相依的人，是你的指纹，你的眉梢，触摸了会痛，飞扬时会笑。她就是你的被子和碗，吃饭睡眠时相伴着你。

从那个凄冷的夜晚到今天，时间已经走过千百次轮回，柳子函的记忆依然丝丝入扣。一次次地重复，一次次地想象，她仿佛幽灵，曾亲临现场，看到了波光云影，起承转合。

黄莺儿把医疗器械擦拭一新，消毒前向宁智桐一一介绍："喏，这个是扩宫棒，从小号开始，过几分钟增大一号，直到把子宫口打开。下一步是用探针测量宫腔的大小，再下一步就是用小号刮匙开始进入，这是关键步骤，当你触碰到一个柔软的块状物的时候，就开始沿着子宫壁用刮匙上下搔扒，然后是用负压瓶吸刮……"

黄莺儿说时非常平静，好像在开阿司匹林治感冒。宁智桐听得肝胆俱裂，说："黄莺儿，你说的柔软块状物是什么？"

黄莺儿柔情蜜意地说："就是你的孩子啊。"

宁智桐双手捂起眼睛，遮挡住来自不锈钢器械的刺目的光，惊呼："这太可怕了。"

黄莺儿嗔怪："胆小鬼！这比手榴弹在眼前爆炸还可怕吗？"

宁智桐毫不迟疑地说："还可怕！我宁肯让手榴弹炸死，也不愿给你做这种手术。"

黄莺儿吐着小小的红舌头，说："没关系，不要想得那么刀光剑影。这是妇产科最小的手术，非常简单。"

宁智桐说："不行。隔行如隔山，我对此一窍不通，不能在你身上做实验。"

黄莺儿叹息道："我想不出比这更好的法子了。唯有如此，我们才能不显山不露水地把麻烦解决掉。到那时候，你还是你的英雄，我还是小黄医生，大家都像从前一样油光水滑，没有一个褶。以后我们一定要小心，再不能出这种纰漏。"

宁智桐咬牙切齿地说："不要说以后，再没有什么以后！在咱们正式结婚之前，我再也不敢了。"

黄莺儿柔声说："好吧，以后的事我依你。这一次的事，你依我。星期六的晚上，你请好假，到我这里来，咱们就开始操作。到时候，我说什么，你就做什么。我保证一切顺利，用不了二十分钟，就大功告成。”

宁智桐狐疑，说：“你是不是太高估了我？就不怕我这二把刀要了你的命？”

黄莺儿说：“我把命交到你手里，比在我自己手里还放心。”

宁智桐充满迷惑，说：“不能吧？你太相信我了。我自己都不相信自己。”

黄莺儿满面盈盈笑意，说：“我不相信你，还能相信谁？”

事情就这样有条不紊地推进着。星期六晚上，宁智桐向营教导员编了个离队的理由，悄悄到了黄莺儿那里。黄莺儿的宿舍是个套间，里面为卧室，外屋是书房兼会客间。两房之间隔着门帘。一般人来找医生，只在外屋就座，极少有人进到革命军人的闺房。

黄莺儿把宁智桐让到内间，说：“你先在这里静静待着，我在外面再把手术步骤温习一下，到时候你要听我调遣。”

宁智桐紧张得有些发抖，问："什么时候开始？"

黄莺儿说："别着急，得等到别人都睡下了。"

宁智桐觉得太晚了。他也不明白自己要求早点儿开始的动机是什么，可能觉得天不算太黑的时候，一旦出了意外，招呼人来帮忙也比较容易些。这层意思当然不能和黄莺儿说，不吉利，好像预备着出师未捷身先死。

黄莺儿说："开始手术后，我躺下了，人家叫门儿就再不能开。没吹熄灯号之前，也许会有人来串门找医生看病什么的。军营里没有秘密，人们会到处寻我，那样恐坏了咱的大事。所以啊，为了万无一失，咱们要晚些开始，你就忍忍吧，少安毋躁。"黄莺儿真是举重若轻，说完还做了一个鬼脸。

宁智桐可笑不出来，他从未这样凄惶过，六神无主。他不能违抗黄莺儿，孽是自己造下的，孩子在黄莺儿身上，危险在黄莺儿身上，镇定也在黄莺儿身上。自己除了服从，没有发言权。他缩在里屋，如坐针毡，大气也不敢出。这期间前后有两拨人到宿舍来请黄莺儿出诊，一个是孩子出水痘，一个是外伤见红。黄莺儿都从容不迫地起身应诊，锁上门儿背着红十字包到病家探望，打针裹伤。当黄莺儿再次回来的时候，已经响过熄灯号了。她进门后并没有开灯，蹑手蹑脚地走进里屋，和宁智桐并肩坐在床上。

黄莺儿摸了摸宁智桐的手，说："这么凉。"

宁智桐说："吓的。"

黄莺儿就捂着嘴笑了，清脆的笑声在漆黑的房间内碰撞，像一只玻璃鸟在飞翔。宁智桐说："亏你还笑得出声！"

黄莺儿说："一想到这个倒霉的东西就要被你亲手从我身上拿掉，我就高兴。"

宁智桐突然有点儿不舍，说："现在他还活着。"

黄莺儿说："是啊，还活着。可他就要死了。别怪我们，孩子。"尾音幽幽，像一个叹息，有几分诡异。宁智桐受不了这种折磨，说："黄莺儿，既然定下来一定要做，就早点儿开始吧。"

黄莺儿说："不成，还得等等。"

宁智桐不解，说："还等什么？"

黄莺儿说："等到大家彻底睡熟了，打呼噜了。"

宁智桐担心道："要是咱们手术正进行到一半，有人敲门请你出诊，怎么办？"

黄莺儿说："这正是我要嘱咐你的。那时你千万不要发出任何声音，咱们就悄无声息地待着，好像屋里空无一人。他们敲一阵子门，听不到我的回应，找不到人，也就走了，断断想不到我们就躲在屋里，完成咱的大事。记住，无论他们叫门多急，切不能开门。他们有病，当然等不及，就会去找别的医生。明天若有人问起，我就说自己当时出诊了，不在家。军营这么大，谁也查不清。"

计划好像面面俱到，天衣无缝。两人不再说什么，相拥而眠，耐心地等待夜深人静。一想到一会儿就要兵戎相见，宁智桐轻轻颤抖，又怕这种不安感传到黄莺儿身上，就弓身拉开一点儿距离。黄莺儿不放他躲开，硬拽他到自己身边，紧紧抱住。颤抖果然像疟原虫，染到黄莺儿身上，两个人都不可抑制地打起摆子来，牙齿咯咯响，只好分开……分久必合，合久必分，分分合合。子夜降临，他们清醒着，大地倦睡了。

黄莺儿首先爬起身，说：“好了，开始吧。”她随手打开灯，灯光非常明亮。宁智桐说：“我记得以前屋里没有这样亮啊？”黄莺儿说：“我特地换了灯泡，五百瓦的。你知道手术中要眼观六路明察秋毫，真正的手术室要配十二孔无影灯的。”

宁智桐提醒道：“你不是要装作屋里没人吗？这样亮堂，岂不露馅儿？”

黄莺儿顽皮地一指窗户，说：“哈！我早已做好了准备，万无一失。”

窗帘闭合得毫无缝隙，帘布是黄莺儿特地换的，厚厚的绛红色灯芯绒布，双层。还从机要科密码室讨来了不透光的遮光帘，遮挡得如洞穴一般严密。黄莺儿在床上铺了洁白的被单，在被单旁边，摆开一条春节时老百姓慰问送的白毛巾，上面绣有“赠给最可爱的人”字样。

黄莺儿随后戴上手套，打开手术包，将手术器械一一取出，从内向外一字儿排开，银光闪闪，像是一套精致的西餐餐具。最后，她拿出一只口罩和一双消毒好的乳胶手套，交给宁智桐，说：“你戴上吧。手套是我特别按照你的手准备的，加大号。”

宁智桐一言不发地注视着这一切，好像在做梦。此刻惊醒，他哆哆嗦嗦接过手套，戴的时候用力过猛，菲薄的乳胶皮被他的手指戳破了一个窟窿。他失声叫道——“糟糕！”音调里却有掩饰不住的欣快。

手套破了，宁智桐就可以名正言顺地不做这个可怕的手术了。不管后事如何麻烦，起码他逃过眼前一劫，如释重负。

黄莺儿看了一眼，不嗔不怪，非常周到地说：“不要紧，我有备份。”说着又打开一个手套包，取出备用的手套，对宁智桐说，“你不用害怕，我准备了五双手套。”

宁智桐几近绝望，欲哭无泪。临阵脱逃是不可能了，只有硬着头皮迎战。当一切术前准备都完成之后，黄莺儿脱下衣裤，以手术的标准姿势躺在洁白的单子上。宁智桐是第一次在如此明亮的灯光下看到黄莺儿的裸体，凝如膏脂，光洁无瑕。

黄莺儿美得如同马奶子葡萄，丰腴甜美，还有隐隐的霜白，朦胧着，让你觉得沁人心脾的甘洌。睫毛乌黑发亮，甚至有一点点紫色，尖梢翻翘着，好像蝴蝶蘸满雨露的触须，有立体的阴影投在她雪白的脸颊上，灵动飞扬。

然而他毫无情欲，被即将展开的血腥操作搅得心乱如麻。

黄莺儿把自己安顿好了，平静地对宁智桐说："可以开始了。你先用我放在毛巾最内侧的窥器深入我的身体，打开手术视野。"

戴好了口罩的宁智桐，双手颤抖着，依照黄莺儿的指示，亦步亦趋地把闪亮的不锈钢器械探入她体内。黄莺儿一激灵，全身抖动了一下。宁智桐非常担心，问："我是不是弄疼了你？"他修长的身体因为恐惧而蜷缩，显得比寻常时矮了十几厘米，颈静脉过度充盈暴起老高，滚烫的热血就要喷薄而出。轮廓分明的下颌骨沾满了亮晶晶的汗水，闪着铁锈一样的光泽。头发一根根直立着，每一根都贮满了恐惧。他的眼睛里不止一个黄莺儿，有无数个黄莺儿在翩翩飞翔，压得他几乎窒息。

黄莺儿说："没事。你只管放心大胆地操作，刚才，是凉。我以前不知道钢铁是这样冷和硬的，现在，我知道了。以后再为病人做这个手术的时候，我会让器械更温暖些。"

这厢，宁智桐面对着被打开的手术视野惊骇莫名，他完全想不到在女人的体内竟是这样一个完全陌生的场面。凸起的子宫颈，还有粉红色的管道，他感到轻微恶心，发出干呕。宁智桐困难地说："黄莺儿，饶了我吧，我可能干不了这事，我心发慌，只想吐……"

黄莺儿躺在那里，端庄妩媚，像一方在莲叶中静息的水晶。她平静地说："刚开始看到人体，都会这样的，有一点儿嫌恶。你不必紧张。如果你特别不舒服，去喝一点儿水，只是要小心，不要弄脏了你的手套。"

宁智桐如遇救兵，连连说："你说得对，我就是特别渴。可是如果我不用手，怎么能喝到水？"

黄莺儿说："你把头偏向左边的小桌，会看到我的茶杯。杯子里有温水，是我刚才为你凉下的。

杯子沿上有一根吸管，你把口罩稍稍上推一下，就能够用嘴含住吸管，可以喝到水了。”

喝了水之后，宁智桐稍好一点儿了。黄莺儿问：“能继续吗？”宁智桐咬紧牙关说：“好吧，继续吧。我的恶心轻点儿了。”

如果说前面的准备工作还比较顺利，到了宁智桐把尖锐的子宫探针刺入黄莺儿体内的时候，决战才算真正打响。由于长久地裸露，黄莺儿浑身开始寒战，探针也跟着大幅晃动。宁智桐不敢冒进，小心翼翼地一毫米一毫米地推进着，慢得像装死的蠕虫。

黄莺儿竭力抑制住颤抖，悄声催促道：“你不能快一些吗？手术讲究的是手感，你这样慢，反倒丧失了分寸。”

宁智桐满头大汗，说：“这么尖的针从下面戳进你的肚子，要是一不小心，会把你的肚子捅透了。”

黄莺儿说：“没有那么危险，我有感觉。你的针只到了宫腔的一半，还没有碰到我们的孩子。”

黄莺儿不该说“我们的孩子”这个词。这个词让宁智桐肝胆俱裂。这是一个父母合谋的屠杀，他的手指即刻筛糠似的抖动起来，身体不由自主地前后晃荡。敏感的黄莺儿觉察到了这一切，她的脸庞闪着丝绸般微明的光泽，小声说："宁智桐，你害怕了？"

宁智桐招认："我一直非常害怕。"

黄莺儿轻轻向天花板吹了一口气，说："你不用害怕。他如果是一个好孩子，就会懂得我们的心。他的爸爸妈妈实在是没有别的法子。如果他真的舍不得我们，以后还可以托生为咱们的孩子，我们会善待他。"

宁智桐不相信这些话，可除此以外也没有更好的解释。况且，箭在弦上，不得不发。杀戮之路如此漫长悲惨，然而一旦启动，就不得回头，只有铁心向前。

黄莺儿口授宁智桐一步步向下操作，带着鲜血和黏液的探针取出来了，像一根红彤彤的炉条。黄莺儿说："你看看刻度是多少。"

宁智桐见不得黄莺儿的血，他头脑发晕，说："看不清。"

黄莺儿说：“你用纱布把探针上的血擦干净，就可以看清了。”

宁智桐把血擦拭干净，可他还是看不清。在他眼里，一根针变成了两根针，两根针变成无数根针……到处血光弥漫，根本不知道刻度在哪里。黄莺儿轻轻骂了他一句，说：“你真是个窝囊废！这个样子，如何做将军！拿来吧，我自己看。”

宁智桐就把闪亮的宫腔探针递给仰卧着的黄莺儿，黄莺儿看了一下，就轻轻地笑起来。宁智桐骇然道：“你笑什么？”

黄莺儿说：“我笑子宫这么大。”

宁智桐说：“子宫大，很好笑吗？”

黄莺儿说：“不好。子宫大，手术中容易出血多，收缩不良，危险性高。”

宁智桐生起气来，说：“这么危险，你还没心没肺地笑！”

黄莺儿说：“子宫大，说明我们的孩子生命力很顽强，人高马大，像你呢！”

宁智桐惨然道：“都这样了，再说像谁有什

么用！”

黄莺儿这才止住笑，说：“我一想到和你有关的事，就充满了幸福感。就像此刻，我躺在这里，让你给我做手术，这真是世界上最幸福的事。”

宁智桐骇然，此刻和一切悲惨与危险都能挂上钩，就是和幸福丝毫不相干。他说：“黄莺儿，你没晕吧？”

黄莺儿说：“放心，我比任何时候都清醒。”

宁智桐说：“幸福的事，咱们以后再慢慢说。眼前是下一步该干什么了？”

黄莺儿说：“用刮匙把胎儿从子宫壁上抠出来，就像从礁石上敲下一只牡蛎。”

宁智桐说：“好敲吗？”

黄莺儿说：“不好敲。它粘得很紧，你要用一点儿力。咱们的孩子挺有劲的，他死死地扒在我身上，像只小壁虎。”

宁智桐说：“你怎么知道的？”

黄莺儿说：“我是他妈妈，我当然知道。好了，孩子他爸，动手吧。”

宁智桐一咬牙一闭眼，就把锋利的刮匙送入了黄莺儿的子宫腔……

柳子函听到此处，真魂出窍，大叫起来：“天哪！太可怕了！”几乎失手把话筒摔到地上。

电话那一边的宁智桐说：“更可怕的还在后面……”

柳子函心想：十万火急，再不能拖延了。她不合时宜地截断了宁智桐的话：“宁营长，我这边来了一个病人，我到门口处理一下。你不要挂电话，我马上回来。”

宁智桐懵懵懂懂地说：“……行。”

柳子函飞快地写下一张字条，走出门去，砸开邻居家门，向睡眼惺忪的邻居交代了一番，然后把字条交给她。

柳子函几近绝望地仰望苍天，正是深秋与初冬交接的时节，天庭被拉高了，众多星辰闪着镀铬镊子般的冷冽清光，有一种一尘不染的蓝白色，残酷安静地冷暗着。

柳子函不敢耽搁过久，三步两步赶回来，抓起话筒：“宁营长，你还在吗？”“在，我还在。”宁智桐虚弱地回答。

“黄莺儿怎么样？”柳子函急切地问。

“看起来和刚才差不多。”宁智桐没多少把握地说。

“后来呢？”柳子函要继续把病史问清楚。

“后来我就开始用那些叫不出名字的器械，进入她的身体。黄莺儿刚开始不断鼓励我，她运筹帷幄。我说：‘疼吗？’她说：‘有一点儿，不过可以忍受。’过了一会儿，她问我：‘看到有什么东西流出来了吗？’我说：‘有血。’黄莺儿说：‘有血就对了，要是始终没有血，就说明你还没找对地方。’又过了一会儿，血多起来，像一条吐着芯子的红蛇往外爬……我害怕地说：‘不得了，出血了。’黄莺儿当时还笑呢，说出血就对了，鼓励我大胆干。却不想血越流越多，顺着她的双腿，把她腰下垫的厚厚的一沓卫生纸都湿透了。我说：‘黄莺儿，恐怕不对劲，出血太多了。’黄莺儿哧哧笑着对我说：‘咱们的孩子个子大，当然血流得会比较多。’又过了一会儿，血流得越来越汹涌澎湃，从蛇变成了蟒，不断地从黄莺儿身体里爬出来，她身下的单子已经完全浸透了。我吓得手心发黏，全身冷汗。我说：‘黄莺儿，是不是出了大麻烦？这血流得吓人，像河！’黄莺儿已经变得有气无力，她虚弱地说：‘不要紧，我料到会有这样的情况，准备了子宫收缩的针剂，打上去马上就会好的。’我着急地问：‘针在哪里？’黄莺儿说：‘就在你的右手边，你找找看。’我戴着手套在治疗盘里一通翻拣，还好，真就找到了。黄莺儿什么都想全了，把一切都预备好了。我说：‘可是我不会打针啊。’黄莺儿说：‘我知道你不会，我自己打这针。’说着她让我把针管递给她。黄莺儿仰卧着，自己给自己在胳膊上打了针。这时她的脸色已经非常苍白，蜡人一般，只有眼光还是一样坚定。我从来没有见过这样胆大心细的女子，从来没有见过这样临危不乱的女子，我心中充满了佩服。我叫着自己的名字，宁智桐啊宁智桐，你可要记住今天，你要一辈子好好心疼她，她不是凡人，是天上的仙女啊。打完针，等了片刻，出血果然渐渐停止了。黄莺儿挣扎着侧身，说：‘你把刮出来的东西，拿过来让我看一看。’我双手捧着盛满了血沫子的治疗盘，端到她面前。黄莺儿用镊子拨了一番，气如游丝地说：‘最主要的部分……你还没有掏出来，要继续……用力刮啊……’我喂她喝了一点儿水，情况好像稍稍稳定了一些。我说：‘黄莺儿，你受苦了，歇会儿吧。’黄莺儿说：‘不要紧，你继续来吧，不然一会儿药劲儿过去了，出血又会很难对付。抓紧时间。’说完她就不再理我，好像全身的气力都被这几句话耗完了。我不敢拖延，心想：此刻让黄莺儿少受痛苦的方法，就是快快完成手术，其他的都是他妈的胡扯淡！我又开始用刮匙使劲刮……这种妇产科的刮匙，看起来像个闪亮的小圈儿，其实非常锋利，可以把人肉剔下来。先前黄莺儿让我练习过使这东西，我往胳膊上一蹭，一块皮差点儿被它捋下来。我好像感到有一块椭圆状的物体悬在那儿，像个小嫩葫芦，我狠下心用力一捅，然后转着圈儿地一拧一拉，最后是猛地一拽……”

这一次，柳子函真的把话筒扔到了地上，太恐怖了！这难道是在女人身体里进行的操作吗？女子的生理器官多么精细，那是脆弱的水晶宫殿，容不得一丝碰撞和鲁莽。她预感到悲剧就是在这一刻倾天而降，她捡起话筒咬牙切齿地问：“后来呢？”

“后来……天哪！太可怕了！我的刮匙还没有撤出来，鲜红的血液就像山洪决了堤，顺着刮匙的把儿奔涌而出。鲜血立刻就漫过了黄莺儿双腿，滴滴答答流到地上，汪成一片血池。那些血冒着泡，好像千百条红色的泥鳅，争先恐后地逃出黄莺儿的身体。我大声叫起来：‘不得了，黄莺儿，到处是血！’黄莺儿的头耷拉在一边，弱不禁风，但还是异常冷静，说：‘你不要大惊小怪，最后关头，都会出很多血，这说明胜利在望了，你不要慌张……’我说：‘我不慌，可是，不行啊，不对啊，黄莺儿，这血出得太严重了，你这样流下去，会死的！我马上送你上医院！’黄莺儿断断续续地说：‘我不去医院……宁可死在你怀里……我也不去医院。你一定要答应我……’”

“后来呢？”柳子函被这种惨烈和镇定吓呆了，

下意识地反问。其实，真相大白，再也没有什么好问的了。

“后来黄莺儿就昏死过去了，她说的最后一句话是……‘太冷了，你抱紧我……’不，不！这还不是最后一句话，她最后一句话是……‘好香的花啊……’”宁智桐迷乱地说。

“什么……好香的花？”柳子函吓得失声重复——这说明黄莺儿已经开始进入极深度的昏迷，出现了幻觉和谵妄。

宁智桐听出了柳子函的惊惧，说：“我也闻到了，好香的花啊……”

等等！宁智桐不会也一块儿进入了谵妄和幻觉吧？柳子函要辨析这个极端危险的症状，大声追问：“你怎么也闻到了花香？”

宁智桐说：“黄莺儿的房间里到处都摆满了山野中采来的花，这是秋天最后的花朵，我认识的有菊花、野玫瑰、剑兰、秋海棠……还有很多我叫不出名字的花……”

柳子函拍了拍心脏几乎停跳的胸口，稍稍松了一口气。真的是花香，不是幻觉。一场鲜花注视下的谋杀。争分夺秒，黄莺儿还有救。那端宁智桐不知这边的翻江倒海，接着自言自语：“我紧紧地抱着她，实在不知道怎么办，想来想去，决定给你打电话，才把她轻轻放下。你是黄莺儿最好的朋友，你不会笑话她，对吧？就算黄莺儿以后知道了，也不会埋怨我……”

柳子函听着，不断地拼命点头，做着保证。好像黄莺儿和宁智桐就在面前，什么都能看见。

“哎呀，不好啦！黄莺儿身体里又开始出血……天哪！这血比上一次还猛，血流成河啊，地上已经积满了血，都快流到门外了……这可怎么办啊？”宁智桐失声号叫。他的话语经过很长的铜线飘荡过来，带着孱弱和极度惊恐，让人森冷。要知道他曾是山崩地裂不变色的勇士啊，这一次，恋人的血，让他胆小如鼠。

柳子函仿佛看到，在宁智桐绿色的军装下面，在饱满的肌腱和奔腾的血脉之下，潜藏着无尽的恐惧和悲哀。它们如同杀伤力极大的地雷，把他炸成千沟万壑的碎片，每个碎片都退行到了手足无措的小男孩儿。

何以至此啊？半夜三更听一个曾经英武的男人如此凄惨的叫声，恐怖瘆人。千钧一发，柳子函顾不上害怕，大声说：“宁营长，不要慌。你赶快叫救护车，速送黄莺儿到最近的医院去。她再也禁不住一点儿耽搁！”

“不！黄莺儿她……她说过，宁死也不去医院！”宁智桐坚守恋人的意愿。

“宁营长，再不去，黄莺儿就真的死了！”柳子函声色俱厉。宁智桐看不到柳子函的表情，但从嘶哑悲怆的音调里，也完全能体会到柳子函的绝望和震怒。

“可是……”宁智桐还在犹疑。

“没有可是了，你快快去！”柳子函声嘶力竭。

“黄莺儿怎么办？”宁智桐慌得不知所措，他回头看着，黄莺儿已进入深度昏迷，但她的眼睛却没有完全合上，在花蕊般的睫毛丛中微微张望着，闪着琥珀样的微光。血泊里的双眸，依然平静温和清澈。

是的，昏迷、大出血中的人事不知的黄莺儿怎么办？柳子函也是万般无奈。在这种时刻，你只能听和想象，却不能有任何实质性的举措，真是人间极端无奈之事！柳子函恨不能生出双翅，只身飞越万重关山，去探望赤身裸体的女友，将她从死神手中夺回。可惜千山阻隔，她所能做的就是紧紧揪住一根电话线，命令那个五内俱焚的男人！她说："宁营长，听我的话！你不要慌，赶快叫车叫人是唯一的出路。给黄莺儿盖好被子，不要让她受凉。你立刻去找车呼救！"柳子函下达指示。

"这个……"宁智桐还在迟疑不决。

柳子函怒火中烧，唾沫星子把话筒糊了一层，大骂道："宁智桐，你这个王八蛋，你要是再不去喊人，就是谋杀！就是见死不救！就是你亲手害死了黄莺儿！你就是凶手！你就是罪犯！我要到军事法庭告你死罪！"

宁智桐完全不为所动，声音空洞得好似从坟墓中发出："黄莺儿要是死了，我怎么还会独自活在世上？我一准儿跟她去了，所以，你到哪里告我，我都不怕！就让他们对死人再判一次死刑吧！”

柳子函气得呼呼吐气，像暴跳如雷的母老虎。然而救命要紧，硬的不行，只好换个口气忍气吞声软下来，说：“宁营长，你也不想一想，黄莺儿甘冒这么大的风险，就是相信你能救她。如果你们一块儿死了，事情还得大白于天下，你不就把她的一番苦心给枉费了吗？人命关天，救人第一，来日方长，一切都可以从长计议。别犹豫，宁智桐，听我一句话，快快去叫人！”

铁杵终于成针。宁智桐说：“好吧，柳子函，你说得在理。我这就去叫人。黄莺儿，你可要坚持住，你无论如何要等着我回来，你千万要挺住啊……”他哽咽着说，放下了电话。

屋子里一派死寂，竟比刚才的唇枪舌剑还让人压抑。柳子函呆若木鸡，几乎丧失了思索的能力，突然电话铃又震耳欲聋地响起来，她以为宁智桐改变主意了，杀了个回马枪。这一次，她是彻底地溃败了，再也无计可施。不想抓起电话来，却是自己军分区这边的总机值班员。值班员说：“柳医生，你刚才让人带给我一张字条，让我直接把电话接到××军分区政委那里，我把电话接过去了，可那边总机说首长家的电话不是谁想接就能给接进去的，一定要问清你是谁……还有你写的第二个要找的人，是那边的卫生科长，对方总机说他家没有电话，怎么办……”

这是柳子函布下的最后一道防线。她写了字条托邻居带给总机，请求接通黄莺儿所在军分区的政委和卫生科长段伯慈的电话。如果宁智桐坚持不送黄莺儿到医院，柳子函就要直接请求那边的组织上出手救人。谢天谢地，宁智桐在最后一刻开始行动了。

后面的事情，是佟腊风告诉柳子函的。司令员正在酣睡中，突然被猛烈的砸玻璃声所惊醒。“谁？”司令员非常意外。他是这里的最高军事首脑，有谁敢在半夜以这样凶猛的力度砸他家的窗户？反了你了！不要小命了！

“你不要管我是谁，司令员！你快快起来！”宁智桐高声呼唤。他没有回答自己的名字，他不是这个单位的，就算报出名号，司令员也不认识他。

“到底出了什么事？”司令员不慌不忙。他想，可能是世界大战爆发了，要不然就是敌国向边境甩了氢弹，不然的话，没有人敢在军营里如此喧闹。

“司令员，你快起来，你去救救黄莺儿吧！”宁智桐几乎哭泣。

司令员这时已经穿好了军装，军容齐整地出现在窗口。他把窗户打开，看到了一脸惊恐的宁智桐。“黄莺儿是谁？”司令员搞不清。

“黄莺儿就是卫生科最年轻的那个女医生……”宁智桐忙不迭地解释。

司令员点点头，虽然兵员众多，他还是真的记住了这个女医生。也许是因为女医生非常少，也许是因为女医生非常漂亮。即使是对司令员这样戎马一生的老军人来讲，漂亮的女人也会引起注意。

司令员说：“你为什么要我救她？”

宁智桐说：“只有你才能救她。她现在已经昏死过去了，生命危在旦夕。”

司令员说：“你是怎么知道的？”

宁智桐说：“我一直跟她在一起。”

司令员琢磨着这句话，好像在判断敌情。他说：“你？一直？深更半夜的？孤男寡女？”

宁智桐说：“司令员，你可以骂我，处分我，可以判我的刑，怎么修理我都行，我会把一切都告诉你。只是现在来不及，没时间了。我来求你，因为只有你才能调动相关人员救活黄莺儿。她大出血，人事不知，如果不马上送到医院去，就会有生命危险。我不会跑，你可以派人拿枪看着我，我无怨无悔。只求你快快派车派人去救黄莺儿……”

司令员大致明白了情况，他的最后一个问题，重新回到了第一个问题：“你是谁？”

宁智桐回答：“我是×师×团×营营长宁智桐。”

司令员点点头，对身旁的警卫员说：“你把他给我看起来！”然后接通了后勤部长的电话，命他派出救护车。

段伯慈和佟腊风赶到黄莺儿宿舍的时候，地上的血液已经汇成湖泊。佟腊风说："我的天！从来没有看到过一个女人可以流出这么多的血！简直就是汪洋！血崩！黄莺儿身下的被褥全都湿透了，仿佛躺在一张大红猩猩毡上。桌子和椅子腿儿都泡在血水中，我们一步一滑地走到黄莺儿身边，闪亮的医疗器械还插在她身上，像被镀上了一层红漆。黄莺儿漂在血泊之上，像蜡做的小白船……我赶紧把窥器刮匙之类的器械拔出来，说实话也真够难为宁营长的，他哪里能懂得这些！我用另一床干净被子把黄莺儿从上到下裹起来，像个刚出生的婴孩，放在担架上，抬进了救护车……"

这是佟腊风的原话。风风火火的佟腊风从来没有用过这样形象逼真的语言讲过话，以至于柳子函在多年之后每一次想起的时候，背后的汗毛还像水草一样浮动起来。

那是一个罪恶的夜。那一夜，对一个人来说太长，对两个人来说太短，对三个人来说就是煎熬，对四个人来说，那个胎儿也是人啊，就是千刀万剐。

电话杳无声息之后，柳子函走出门外，不知何时，天阴了。雪霾将天空压低，娩出丰盛而浓烈的幻象。柳子函仿佛看到黄莺儿一尘不染的躯体渐渐变硬，她失血的手臂像垂死的天鹅耷拉着的一对白色翅膀，变成冷兵器一样的钢蓝。

下雪了。不是雪花，是一种坚实的雪面儿，打在脸上，迅速变为泪。好像天是一所哀痛的粮库，面袋子被扎了洞，没有人修补，雪粉就沉甸甸地落下来，带着痛彻心扉的忧伤。

恐惧是带有磁性的，沉重而油腻，吸附在一切它能联结到的物体上，并把它们包裹。游蓝达一直紧紧抱着双肩惊恐万分地倾听着，咖啡喝了一杯又一杯，不时地上厕所。每当要上洗手间的时候，就让柳子函暂停，好像柳子函是台带有此功能的录音机，等她回来后再接着播放。听到此刻，她迫不及待地说：“我猜黄莺儿没有死。”

柳子函说：“你猜得很对。黄莺儿没有死，送到医院，输了大量的血，救了过来，不过落下了非常严重的妇科病，从此再不能生育。”

游蓝达又招手让女招待添加咖啡，柳子函说：“你喝得太多了，你吞下的咖啡因，足够毒死一匹马。你不能再喝了。”

游蓝达说：“不喝咖啡，不兴奋自己的神经，哪里能听得下这么悲惨的故事！为了心情，只有豁出去肠子，在所不惜。”

柳子函说：“你说到肠子，我才深刻地感觉到自己太饿了。我们找一家餐馆吃饭吧，也可转移你的恐惧。也许，我不该对你讲这个故事。”

游蓝达说：“不，您太应该对我讲这个故事了，您让我明白了你们所处的那个时代，还有……一些人。”

两个人走出咖啡店，寻找餐馆。

游蓝达说：“我请您吃法国大餐。鹅肝非常诱人，味道就像是一个个美味炸弹，炸得您味蕾横飞。”

柳子函说：“我不吃法国大餐，只想吃中餐。掐指一算就要回国了，胃里就充满了快乐。”

游蓝达说：“快乐通常是心的感觉。”

柳子函说："在异国他乡，最受委屈的是胃。胃是所有脏器里面最顽固的坏分子。"

游蓝达引导她来到一家餐馆，说："今天我请您吃瑞士火锅。"

柳子函说："这算是对说书人的酬劳吗？"

游蓝达说："不敢。您说的这些故事，如果要衡量它的寒冷和高度，也许只能用瑞士的阿尔卑斯山来比拟。之所以选火锅，是因为渴望温暖。您的讲述，让我从头到脚，从里到外，从牙根到脚指甲，一概寒冷。吃点儿火锅，烫烫心肝。"

火锅这两个字，的确有暖人心脾的力量。柳子函跟随游蓝达进了这家小店，热浪扑面而来，让人放松和困倦。两人落座，游蓝达叽里咕噜地和餐厅小姐一番交流，火锅很快就端上来了。用特制的长叉叉起焦黄的面包脆，抛入泛着大气泡的奶油芝士汤锅内，奶油丝缠绕在面包片上，好像蜘蛛的阴谋。

游蓝达吃得津津有味，问道："怎么样？像中餐吧？"一副明显讨要表扬的意思。

“有两点非常像。”柳子函不忍拂了游蓝达的好意，说。

“哪两点？”游蓝达来了兴致。

“第一是火锅这个名字。我本来以为只有中国人吃火锅，不想欧洲人也吃。第二点是热气腾腾。不管哪国的火锅，在热这一点上，都很相似。其他的，就不敢恭维了。”柳子函苦着脸说。她情愿吃那些和中国饭菜完全不搭界的饮食，这样胃这个讨厌的家伙就彻底死了心，准备接受一大摊莫名其妙的东西，只要营养够了，也不敢挑剔。最可怕的就是这种名称貌似中餐的饮食，胃在那里欢呼雀跃，以为将和自己的老相好们晤面，不想迎来的是化了装的歹徒。

游蓝达听完了这一番苦经之后，说：“反正您马上就回国了，就可以吃到梦寐以求的正经中餐了。不像我们这些华裔，只能用您说的假冒伪劣填充对故国忠心耿耿的胃。”

柳子函长叹一口气：“真想吃一顿正宗的中国饭啊。”

游蓝达没理她这个茬儿，沿着自己的思绪往前走，说："黄莺儿以后到哪里去了？"

柳子函说："不知道。这在当时是惊天动地的丑闻，不仅是因为士兵怀孕，另一方是英模，更因为这个事件的手段太惊世骇俗，常人无法理解。不过人们通常不知道整个事件的来龙去脉，就以讹传讹，也不是什么光彩的事，双方单位很快就把消息全面封锁了。黄莺儿出院以后，没有人知道她的下落。"

"肯定离开部队了。"游蓝达若有所思。

柳子函说："那是一定的，部队不会再留她。"

游蓝达穷追不舍道："那么宁智桐呢？"

柳子函说："他被交到军事法庭处置。因为如果黄莺儿死了，他就涉嫌过失杀人。"

游蓝达说："悲剧。那个时代。"

柳子函说："这些年来，我想了很多。不仅仅是时代，还有性格。我一直不能原谅的是，黄莺儿为什么不寻求我的帮助？她只要打个电话，我就会跋山涉水地赶了去，帮她把那个孽障除掉。"

游蓝达说："那不是孽障，是结晶，爱情的

结晶。”

柳子函说：“不是所有的东西都应该有结晶的。有一些东西只有融化得无形无影，才是正果。”

从餐厅的窗户看出去，路上多雨寡照，人脸都笼罩在雾中，半明半灭。命运的齿轮残酷地加工了黄莺儿，彻底切削去了她的尊严。枯藤缠身断肠天涯，从此杳无音信。黄莺儿挥泪掩藏了自己在人世间的一切，不知她湮没在哪个犄角旮旯。

“您再也没有见到过黄莺儿？”

“是的。没有。本来我寄托希望，以为探家的时候可以看到小杨司机，这样或许还能找到黄莺儿的下落。不想小杨司机全家都走了，最后的蛛丝，断了。”

“您至今没有忘记她？”

“是的。我常常问自己：究竟要多久，才能忘掉一个人？答案是——永无可能啊。”

“特别希望见到她？”

“那当然。有一些人和我们的青春烙在一起了，永不磨灭。”

“如果是我，可能并不想见到，往事长眠在海底，就化为了珊瑚。”

“不，不。不是所有思念都可以忘怀。思念之井穿透之深，几十年之后依然深不可测，记忆像冷暗的鲨鱼嗜血而灵动。这也许就是我们的不同。”

“其实，黄莺儿很傻。在早春的时候，挥霍了一生的果实，直接进入了天寒地冻。”

“你没有资格这样说她。生命是有旋涡的，旋涡能形成无底黑洞。不知道为什么，从见到你的第一天开始，这个故事就浮出了我的脑海。我给你讲这个故事，为的是把自己从往事中拯救出来。只有在说的时候，我才能回忆和忘却。我已经不再年轻了，暗藏的哀伤就像越来越高的胆固醇，黏附在我的血管中，让情感之路凹凸不平。却没想到这种情感从狭窄的通道中蜿蜒而出，在异国他乡复活，面对着你这样一个不相干的人诉说不休。”

“哦，我知道您是为了拯救自己，其实在整个事件中，您并没有做错什么。只怕您也许没有把自己拯救出来，反倒把我也拖入了深渊。”

“不会的，不会。你放心好了。代沟是绝缘的，国情是绝缘的，年代是绝缘的。你是安全的。”

“并非如此啊。我要好好想一想……”

久久的沉默。

游蓝达说：“您就要走了，在分手之前，谢谢您给我讲了一个这么刻骨铭心的故事，它对我是如此的重要。您难道不想知道我的故事吗？秘密是需要交换的。我没有东西回报您的精彩，只有把我的经历告诉您。”

柳子函点点头。说实话，她可不是一个对别人的秘密有着惊人爱好的家伙，特别是这次Y国之行，头脑塞得像要爆炸的旅行箱，装进了太多的异域风情，再没有空隙搁入游蓝达的故事。不过她知道，在非常重视隐私的国度，一个人肯把自己的故事告诉你，是天大的精神馈赠。况且，一路上游蓝达对她关怀备至，她们的友情随着路途的伸展，越加亲近。在离开的时候，她有义务听游蓝达一吐心声。

柳子函微笑着说："谢谢你的信任。请讲吧。"

游蓝达说："我其实出生在中国，这就是我对中国的故事格外感兴趣的原因。我母亲是通过国际征婚嫁到Y国来的，继父是一个黑人。中国人对黑人多半是有偏见的，我估计她当时是没有其他的法子，才走了这条路。一个拖着孩子的女人在异国他乡想有所发展，是非常艰难的。她先是开洗衣作坊，后来开中餐馆，勉强度日。我在这样一个贫寒的环境里长大，受尽屈辱和歧视。后来，我凭着自己的努力，考上了大学，一路读下去，直到成为博士。您知道我的名字的寓意吗？"

柳子函目瞪口呆，不知道在这位非常现代的Y国女子身上，还有苦难的家史。她说："游蓝达，你的生父姓游吗？也许，这是你母亲对你的一个交代，一个纪念。"

游蓝达摇摇头说："不是。我母亲从来没有说过我的父亲，母亲从骨子里对我有着深深的拒绝和敌意。游蓝达是西班牙语，本义是指不可亵渎的紫罗兰，引申义是指气质高雅、可静可动的女子。"

柳子函说："紫罗兰，名花啊。"

游蓝达纠正道："不是那种在庭院中生长的高贵的紫罗兰，而是野生的非洲紫罗兰。单薄、脆弱，代表纯洁的爱。它的花很小，像一枚枚被人践踏的鞋钉，渴望理想的归宿。"

柳子函念叨着："游蓝达，游蓝达……"揣摩着其中的丰富寓意。

游蓝达一反平日将自己严密封闭的常态，打开话匣子，说："您知道我母亲叫什么名字吗？"

柳子函苦笑着说："我哪里会知道？"

游蓝达说："是的，您不会知道。她的名字叫瑰拉。如果一定要翻译成中文，瑰就是玫瑰的'瑰'，拉是手拉手的'拉'。听完您的故事，我也许会给她打一个电话。"

柳子函说："手拉手的玫瑰，这个意象在中文里还是挺美好的。"

游蓝达冷笑说："可惜它在西班牙语里的本义并不是这样美好，它是杀手的意思。"

柳子函吓了一大跳，心想：这家人可真够古怪的，女儿叫“紫罗兰”，当妈的叫“杀手”。不过，萍水相逢，随着回国日近，这些都会遗忘在滚滚红尘中。

吃到这会儿，游蓝达才猛然发现，其实一直都是她的长柄叉子在热气腾腾的火锅中游弋，柳子函几乎一点儿没动。游蓝达问：“您怎么不吃？”

柳子函叹了口气说：“对不起，我毫无食欲。我觉得自己好像要病了。”

游蓝达停了勺子，担忧地说：“这可不是一个好兆头。明天我们还要长途飞行，到了Y国首都之后，还有密集的官方活动，然后会见媒体。之后，您就要回国，那又将是一段漫长枯燥的旅程。这可如何是好？也许是我们今天在艾滋病临终关怀所受到了秽气污染？”

柳子函说：“不要瞎说，尤其不要赖上人家临终关怀所。我估计主要是这一顿顿的外国饭，让我的肠胃开始造反了。回到中国，吃上几顿面条……我说的是真正的中国炸酱面，不是什么瞒天过海的意大利通心粉。接下来是麻婆豆腐、宫保鸡丁，注意啊，我说的是那种滚着红油的麻辣鲜香的正宗天府菜，不是你们这里中餐馆改良过的甜得发腻的所谓川菜……”柳子函说到神往处，不由得口舌生津，哈喇子都快流出来了。

游蓝达歉然道：“对不起，是我考虑不周。我已经习惯了Y国的饮食，觉得您好不容易到这里来一趟，就五花八门地都吃一通，虽然不一定可口，但风味各异，也算是出国的收获之一。如果您想吃中餐，回国后来日方长，所以自作主张地让您一直吃外国饭菜，我以为这会有益于您的工作，却不想您的胃提抗议了。这样吧……”游蓝达偏着头，好像下了一个很大的决心，“我请您吃一顿真正的中国饭，有红得像喷薄欲出的岩浆一样的郫县豆瓣，有来自中国山东的大葱和东北的酸菜……”

柳子函真恨自己不争气，这么大岁数了，又是代表中国人出访，应该静若处子宠辱不惊才对，不想甫一听到这些中国菜肴的名字，就两眼放光像抽了鸦片似的神采奕奕起来：“真的有这样的饭菜？”她生怕这又是虚晃一枪画饼充饥。

“真的有。我们这就去吧。”游蓝达站起身来，把饭费和小费压在盘子底下。

柳子函说：“别呀，我来付自己那一份儿。”

游蓝达说：“您几乎没吃，不必付。不然，我会不好意思的。”

柳子函于是作罢。两人出了这家饭店，先是乘出租车，后又沿着一条马路步行了一小段，这才到了一条僻静的小街，看到了熟悉的汉字“堂香”。游蓝达说：“我已经吃饱了，就给您单点一碗面条，乃此店的镇店之宝，完全是传统的中国口味。”柳子函点头称是。她知道中餐在国外是比较贵的，自己马上就要回国了，有什么嗜好都等回到老家再一并解决，此行先解燃眉之急。

进得店来，一个庞大的黑人女子走过来，亲热而夸张地和游蓝达打招呼，看来游蓝达可能常引人到这里来，熟门熟路。游蓝达向她提出要求，详尽地描述着，可能是需要在面条里重用作料，黑人女招待频频点头，头上无数的小发卷也跟着晃动，好像一池蝌蚪嬉戏。听罢，她到后厨传信去了。

已经过了吃饭的时间，这间中餐馆里人不是很多，符合游蓝达所说的三分之一人群规则。过了一会儿，一个年老的男性黑人把面条端了出来。

“你嚎！”他说。

柳子函吓了一跳，面条虽是家乡故知，但从一个黑人手里接过来，就有点儿不同寻常。那双手的背部皮肤很黑，好像是煤精雕刻而成，手掌的皮肤就浅淡多了，如同一种鱼的肚腹。特别是那句中文问候语从翻卷着的厚厚嘴唇中迸出来，把“好”说成“嚎”，好像在邀请柳子函唱卡拉 OK。

老黑人对着游蓝达一通情绪热烈的表白，游蓝达也不停地应答着。他似乎提出了一个恳求，被游蓝达拒绝。交流了好一会儿，老黑人才退下。柳子函心想：这家店招待客人真够热情，难怪游蓝达成了回头客。柳子函也不客气了，风卷残云地品尝着地道的中国面条，口齿不清地问：“他跟你说什么？”

游蓝达说：“他说这碗面是老板娘亲自做的，因我特别叮嘱了要真材实料，所以非常美味。他希望您能满意。”

柳子函口中塞着半缕面条，实在不宜多言语，还是忍不住说：“非常好吃，非常地道，我的病都好了一半……不，不是一半，是三分之二……”

游蓝达嘻嘻笑着说：“那就好。我让他们特地多放了鲜姜。这里的姜都是从中国订购的，与Y国那些淡而无味的姜片完全不同。”

柳子函用舌头搜索着口腔的余香，说：“吃出来了。是咱们的姜，还是老姜。”

游蓝达说：“看到您这样开心，我非常高兴。这也算是我为了您尽了一点儿小小的心意。”

两人正说着，老黑人又出来了，这一次，好像有点儿气急败坏，不停地和游蓝达说着什么。游蓝达很坚决地摇了摇头。老黑人只好非常失望地退回到后厨。柳子函不解，为什么这一碗面条居然这样一波三折。她问游蓝达：“出了什么麻烦吗？”

“哦，没有。他说老板娘很想见见我，我说我正在工作，现在不是一个见面的好机会。等我送走了您，我会专程到这里来见她。”游蓝达答复。

柳子函明白了，游蓝达作为华裔，一定是这里的常客，老板娘愿意同她搞好关系，以后多带客人来。

吃完了面条，柳子函抹抹嘴，浑身舒坦，疲惫和乡愁都被这碗喷香的面条驱逐一净，兴致极好。她对游蓝达说：“谢谢你的善解人意体贴入微。”

游蓝达玩弄着桌上的景泰蓝中式牙签筒，说：“怪我。我还以为您特别想品尝各种不同的食物，忽略了您的乡愁。”

柳子函为自己开脱：“人啊，只有在精力充沛的时候，才有闲情逸致品尝异地佳肴。如果是疲惫不堪，就只想吃那些自己从小就熟悉的食物。这就好比出席场合是要西装革履，潦倒不堪的时候，就只想穿旧的棉麻衣服。”

游蓝达反问：“那您现在算是潦倒不堪了吗？”

柳子函说：“不是我，是我的故事。我原以为时间会增加一个人的阅历，阅历会增加一个人的耐受力，耐受力会让我平静。但是，错了。所有这一切，在那一天的恐惧面前，都不堪一击。对不起，让你也饱受惊吓。”

游蓝达说：“请不要这样说，我非常感谢您的故事，它对我非比寻常。我们现在能做的唯一一件事，就是祝愿那些灵魂在屈辱中愈合。虽然有疤痕，会在阴雨中疼痛，但终究不再流血，只是迟钝。”

正说着，黑人女招待又送上了茶水，用简单的汉语说：“你嚎。菊花，送的。”

柳子函一看，地道的杭白菊，在澄清的杯子中上下漂浮，如同一张张米白色的笑脸，荡漾着。

眨眼之间，黑人女招待又像“泰坦尼克号”巨轮一样挪过来，放下一个果盘，说：“你嚎。送的。”

果盘中有荔枝、菠萝、阳桃和迷你杧果，都是在Y国难得一见的热带水果，价格不菲。柳子函不由得诧异，说：“咱们才吃了一碗面条，就给这么多优惠，老板不是赔死了？”

游蓝达说：“人家是一片好意，您就领了吧。再说您反正要回国了，这欠下的人情也不用您来还，放心好了。”

柳子函便一门心思吃水果，心情也一分分地轻快起来。谁说病去如抽丝？快意了，病去也如山倒。

吃饱了，喝足了，柳子函突然对这个在异国他乡结识的忘年伙伴游蓝达，生出浓浓的不舍之情。女人们对待友情的方式之一，就是告知秘密。她说：“游蓝达，其实我自己的姻缘，也和黄莺儿有关呢。”

游蓝达颇有兴趣：“从何说起？”

柳子函说：“在那件事发生了一年以后，有一天来了一位年轻的军人。”

游蓝达说：“凡是军人都是年轻的，上了年纪的就成了元帅。”

柳子函说：“军队基本上是年轻人的事业。那个人说自己是宁智桐的战友，宁智桐是营长，他是教导员。”

游蓝达深表关切，说：“这么说，宁智桐最后一直是和他在一起？”

柳子函说：“正是这样。教导员说：‘柳医生，你不认识我，但我对你很熟悉，我知道那天晚上的一切。宁营长出事之后，一直是我负责看顾他。因为还没有最后定性，又怕发生意外，所以要日夜有人照管。你明白这个意思吧？’我说：‘我明白，就是软禁。’教导员说：‘宁营长受处置离队前，再三再四地叮嘱我，一定要我找到你，转达他对你的谢意。谢谢你救了黄莺儿,也救了他们的孩子……’我听到这里很奇怪，因为黄莺儿大出血，子宫受损，他们不可能有孩子。教导员说，宁营长后来才知道，他所进行的操作其实并没有进入子宫，只是把盆腔的大血管切断了，黄莺儿的身体受到重创，但那个孩子并没有受到损伤。黄莺儿在医院输血之后清醒过来，表示无论冒多大的风险，她也要把这个孩子生下来，否则她拒绝接受一切后续治疗，立刻了断自己的性命。医院斟酌再三，只好接受了她的选择。抢救过来之后，黄莺儿就偷着出院了，再也没人知道她的下落，用今天的话说，就是人间蒸发了。教导员同我说了这些之后，我大哭了一场，为黄莺儿，为宁智桐，也为那个孩子。后来，教导员经常来找我，刚开始我们谈论黄莺儿和宁智桐，后来就谈其他的事情，再后来，他就向我求婚，那时候，我已经是干部了，可以名正言顺地谈恋爱了，他叫饶西定，成了我的丈夫……”

柳子函讲完了，游蓝达刨根问底：“您丈夫

既然是宁智桐的战友，那么一定知道宁智桐的下落了？”

柳子函说：“宁智桐后来被遣送劳动教养，没有确切的消息，都是一些传说。”

记得有一年，饶西定说他听人讲宁智桐好像在乡下当了农民，赶着骡车交公粮。柳子函激烈地反驳道：“不，这不可能！以他那样的性格，不会老实巴交地去当农民。”饶西定不置可否。又过了几年，饶西定说宁智桐好像当了兽医，专门给牛马接生，手艺还不错，特别是处理难产有绝招，经常被乡亲请去喝酒，醉卧街头。这一次，柳子函什么也没说。心如同粉碎机的刀片，旋转切割着一个英俊挺拔的军人形象，变成齑粉。

生命有的时候就像一支注射器，扎下去，你不知道会把什么东西吸进来。也许是血，也许是蒸馏水，也许是脓。

柳子函和饶西定成婚后，转业到了地方。老妈不动声色地帮了几次小忙，两个人都顺风顺水地改了行，发展良好。

正说着，胖硕但灵活的黑人女侍又托着一盘草根样的蔬菜走过来，对柳子函大叫了一声“你嚎”之后，比比画画地不知再往下说什么了。看来她要表达的意思有点儿复杂，储备的那几句汉语不敷应用，只好对游蓝达一通倾诉。

游蓝达点点头，表示了谢意，女黑人这才放下盘子，心满意足地走了。游蓝达说：“这是一味既可以当菜也可以当药的植物，大名叫鱼腥草，小名叫折耳根，是治疗感冒的速效药。老板娘知道您病了，很着急，特地把自己保存的折耳根拿出来请您服用，这样您的病就会好得更快了。”

柳子函受宠若惊，忙不迭地说：“我知道鱼腥草是一味消炎力极强的中草药，特别是这样新鲜的鱼腥草，更是药效显著。既然是老板娘的私人存货，我哪里好意思吃？”

游蓝达说：“您就不要推辞了。在中国，这可能叫作客气，但老板娘既然已经到Y国多年，想必也入乡随俗，希望您能接受她的好意。如果您拒绝了，她会伤心的。您就客随主便吧。”

柳子函想想也是，就把折耳根吞吃了。要说这草药的味道，实在是不敢恭维，简直就像把一条生鱼活吞而下，满嘴鱼鳞在跑。不过，也许一物降一物，中国人的病就得草药治，也不知是心理作用，还是这极其难吃的折耳根有奇效，柳子函觉得霍然痊愈。

“我要到后厨看看老板娘，受了人家这么多恩惠，要当面表达谢意。”柳子函说着站起身。

“我看，您还是不必去了。她一番好意，您心领了就是。”游蓝达僵坐不动。

柳子函稍有不满，觉得游蓝达应该和自己同往才对，不该矜持托大。后又一想，毕竟在Y国，阶级观念还是存在的，开餐馆的层次比较低下，游蓝达博士不愿屈尊也能理解。不过柳子函来自社会主义国家，没有这种尊卑观念，要知道中国的总理还曾在国宴之后到厨房看望炊事员呢。再说，游蓝达不充当翻译也没什么了不起，老板娘是中国人，就算离国多年，能做出这么地道的中国菜，藏着折耳根这样的中草药，中国话也一定烂熟于心，不需要翻译。

柳子函来到后厨，操作间不大，瓷砖反射清光，十分整洁。一个中年女子腰系雪白的围裙，正在烤箱边忙碌着。

“老乡，你好。我是从中国来的客人，刚才承蒙你照顾，为我做了非常可口的面条，又送了我果盘和菊花茶，还有十分珍贵的消炎草药，现在，我的病已经基本上痊愈了，特地来向你表示感谢。”

“不必谢。我早已看到了你。”那女子缓缓抬起头来，没有任何感情色彩地说。

一句话，石破天惊！

美丽的丹凤眼，雪白的皮肤，长长的黑发绾成一个发髻，玲珑有致的身材，还有那弯翘的眼睫毛……岁月已经洗濯了很多尘埃，模糊了很多痕迹，但唯有神韵是掠夺不去的，随着时间的推移，更加浓墨重彩。

老板娘不是别人，正是黄莺儿！

柳子函只觉得自己的腿脚打晃儿，好像处于八级地震的震中。她不由得狠狠搓了自己的眼眶一把，力度之大，如果叫眼科医生看到了，一定会惊呼这个动作会导致视网膜脱落。好在柳子函的视网膜极端强韧，荼毒之下，仍然忠实地履行自己的职责，精确重复地告知主人，面前的这个女子千真万确是——黄莺儿！

柳子函扑上前去，握住黄莺儿的手说："黄莺儿，我是柳子函啊！"

黄莺儿轻轻地抽回自己的手，说："客人，我不知道黄莺儿是谁，我的名字叫瑰拉。"

柳子函来不及梳理这其中的关系，只是一迭声地叫道："黄莺儿，我不管你以后叫了什么名字，你就是黄莺儿。你还记得那些澡堂里的热水、食堂里的包子，还有地里的黄瓜、妃子墓……你最长的那根黑发，还夹在我的《实用外科学》里……还有很多很多……"

瑰拉淡然地说："我不记得了。客人，如果你的病好了，就请忙去吧。看到我的女儿，请你对她说，我盼着她能够原谅我，能够回家……"

柳子函真切地看到了黄莺儿的眼眶湿润了，睫毛被泪水粘成一把把小刷子，冲洗着岁月。黄莺儿也忍受不了这种对视，决然地扭转头，下意识地拿起一把刀，在空空如也的案板上剁砍着。柳子函一筹莫展地看着近在眼前却远隔洪荒的朋友，无数云烟在眼前飘过，却抓不住一丝一缕。越来越急剧的剁击声，声声贯耳。她声音哽咽着说：“黄莺儿，你不能不认我啊！柳子函到处在找你啊！”

从前的黄莺儿，现在的瑰拉平缓地说：“黄莺儿已经死了。你不必再找她了。”说着，刀也来不及放下，转身就要从操作间的后门离去。

柳子函彻底绝望了。她知道，黄莺儿这一走，就再也不会回头。口不择言，她突然说：“我知道，你说得对，你不叫黄莺儿……”

这一招儿果然有效，黄莺儿停下了脚步，然而还是半个身子侧对着墙，看不到她的面部表情。

柳子函急切地说：“你不叫黄莺儿，你的名字正确的叫法是……黄莺霓……”

在那个遥远的夏天，在那个芳草萋萋鲜花满地的妃子墓，当柳子函走到依偎着的宁智桐和黄莺儿身后的时候，他们没有发现她，正说着悄悄话。

“黄莺儿,你为什么叫这个名字啊？”宁智桐问。

“这是我家一个长辈起的，他是我舅姥爷。我原来有个小名，要上学了，舅姥爷说你姓黄，恰有一个极好的名字，是唐代一个诗人作的一首诗的第一句：‘打起黄莺儿……’”黄莺儿清脆的声音，把那首诗背了一遍，声音在花间穿越。

宁智桐轻轻地复诵着，一字不差。

“你脑子可真好，一遍就背下来了。”黄莺儿有点儿惊奇。

“和你有关的事，我当然会记住。只是，这首诗的第一句好像不大押韵。”宁智桐说。

“是啊，我也问过舅姥爷，舅姥爷说这句诗在唐代的时候，不是念作黄莺儿，而要念作黄莺霓。不信，你换过来念一念，就押韵了。”黄莺儿说。

“我现在知道你的真实姓名了，以后，我就叫你黄莺霓……”宁智桐说。

“好啊，只有你能叫我黄莺霓，别人都不知道。

这是一首多好听的诗啊。我舅姥爷说，人家都以为这是一首闺阁体的诗，其实不是。这是一首边塞诗，歌颂的是军人……”

打起黄莺霓，

莫叫枝上啼。

啼时惊妾梦，

不得到辽西……

两人挽着手，背着幽远的诗篇，在西下的斜阳里。

黄莺儿缓缓回过头来，她双手交握，指尖被刀锋拉得出血了。巨大的血珠，拉成一个问号的模样，沉重滴落。

游蓝达走过来，柳子函轻轻背过身躯，她以为会听到什么声音，结果身后静如旷野。柳子函忍不住又转回头，她看到游蓝达扑进黄莺儿的怀抱，嘴唇翕动，却仍是无声。柳子函从那个口型中辨识出：“妈妈……”